旧时光

张国华 著

山东城市出版传媒集团·济南出版社

图书在版编目（CIP）数据

旧时光 / 张国华著. -- 济南：济南出版社，
2023.2
　　ISBN 978-7-5488-5534-7

　Ⅰ．①旧… Ⅱ．①张… Ⅲ．①散文集—中国—当代
Ⅳ．①I267

中国国家版本馆CIP数据核字（2023）第025633号

旧时光 JIU SHIGUANG　张国华 著

出 版 人	田俊林
责任编辑	贾英敏　李文展
装帧设计	阿　丹　王高杰
绘　　画	张国华

出版发行	济南出版社
地　　址	山东省济南市二环南路 1 号（250002）
编辑热线	0531-86131722
发行热线	0531-86131701 86131728
印　　刷	山东临沂新华印刷物流集团有限责任公司
版　　次	2023 年 2 月第 1 版
印　　次	2023 年 2 月第 1 次印刷
成品尺寸	145 毫米 ×210 毫米 32 开
印　　张	6
字　　数	122 千
定　　价	45.00 元

往事只能回味

时光已逝永不回，往事只能回味。

忆童年时竹马青梅，两小无猜日夜相随。

春风又吹起了花蕊，你已经也添了新岁。

你就要变心，像时光难倒回，

我只有在梦里相依偎……

　　这首老歌我童年时听过，那是从家里那台单卡三洋收录机里传出来的，是一个音容都很甜美的女人唱的。过去家里摆放着一张两抽桌，有半抽屉的盒带封面人物都是面带微笑的她。父亲告诉我，这是邓丽君。今天，这声音竟从收音机里又如梦似幻地传出来，穿越了三十多年的时空，仿佛已经耗尽了它所有的气力，但仍让我猝不及防，愣在那里半晌缓不过神来……

既然人不可能两次踏进同一条河流，那么"人是物非""物是人非"皆不存在，"物非人亦非"倒可说得过去。已过不惑之年的我见到一些算不得古董的"旧物"（因为远不够年份，自然没得包浆，顶多几十年的光景，也称不上老，只能算旧），旧得恰到好处，恰在当年的心里留下了印记。

　　东西可算旧物，而那些故人、往事汇成了如今的记忆，牢牢附着在这些旧物上擦拭不去。睹物思情，一经触碰，那些零零散散的往事，便从脑海的僻静角落如细水般汇聚，侵蚀着我一个又一个的夜晚；而那些零零碎碎的旧物，如今，要么散落四处，要么不见了踪影。于是我用画笔仔细地把它们聚拢起来，拼凑起一段段旧日时光，还原那个时代、那些年的一些往事，让自己沉溺其中，慢慢回味。也只能回味，正如歌里唱的："像时光难倒回，我只有在梦里相依偎……"

　　也愿此书像个让人短暂依偎的午觉，使你浅梦微醒，打个哈欠，意犹未尽，那刚刚好。

　　也刚好天已放亮，就说到这里吧，我也该睡觉了。

张国华写于紫金山小区

2017 年 4 月 8 日凌晨 5 点

目　录

父辈的工厂

　　"黄台"之名由何而来没有考证过，但在北齐"二十四史"之一的《魏书》中记载，历城"有黄台、华不注、华泉、匡山、舜山祠、娥姜祠"。新中国成立后，在济南的城市发展建设中，地处城市边缘，位于小清河沿岸的黄台片区被划为工业区，工厂大多集中在这一区域，方便排污。

　　我的父亲和母亲都是这里一家造纸厂的职工，厂区与家属院一墙之隔，绕行也不足百米，和这儿的大多数人一样，年复一年的生活就在这两点一线间。这里就像一个封闭运转的小世界，所需的一切基本都可以自给自足。

　　20 世纪 50 年代，从印度尼西亚回到祖国的归侨统一在广州学习语言后，被分配到全国各地继续上学或直接参加新中国的建设工作，我的父亲就是其中的一员。父亲来到济南后，先后在省实验中学和体育学校学习，因"文革"致学习中断，被分配到了造纸厂工作。后经媒人介绍认识了母亲，结婚后有了姐姐和我。70年代初我就出生在这个家属院，父亲从"归国华侨"四个字中选取了两个字，起了我的名字。我还有个与生俱来的绰号——"小华侨"，因为父亲的绰号是"穷华侨"。说"穷"是因为人们普遍认为归国华侨应该是富人，但在那个物资匮乏、物质需求也不高的年代，家家户户的经济条件其实都相差无几，父亲的经济条件也没有人们预计得高，所以被人送了这个绰号。

一

我还是愿意称呼它最初的名字——山东黄台造纸厂（20世纪80年代末改名为"山东高级薄页纸厂"），那是它的黄金时代。造纸厂位于小清河以北，北面与石门村大片的庄稼地为邻，再往北四公里就是黄河公路大桥；西北角是宋刘村和黄台山；正东是华山，东面与造纸机械厂为邻；东南方向是齿轮厂；正南是济南合成纤维厂；西南是济南轻工化学总厂和油漆厂；正西一路之隔是水利工程机械厂。向南跨过小清河，分布着卷烟厂、酒精厂、客车厂、制药厂、黄台发电厂等。

造纸厂厂区的布局设计很合理，前半部分是办公楼、托儿所、礼堂、俱乐部、食堂、澡堂、开水房、医务室、苗圃，一条笔直的大道从大门一直延伸到中间部分的生产车间，最后面是原材料和仓库区域。小时候觉得我们厂很大，大到很多地方都没有去过。在大人的闲谈中经常能听到哪个车间今天又出了什么安全事故。我家的平房就在家属院最后一排，后窗正对着厂区医务室，常常会听到些响动，特别是深夜，常常被嘈杂的人声吵醒，多是上夜班的工人又出了事故，慌乱的脚步声伴着声声惨叫，病情严重的直到被紧急转送市区医院后才又重归寂静……所以工厂的生产区域对于孩子们来说是充满神秘和危险的。

工厂坐北朝南，大门口东西两面大照壁呈扇形，上面有"团结奋进、开拓进取"的红色大字；四根表面嵌着白色颗粒水刷石的四方门柱，形成了中间进出车辆的大门和两侧进出行人的小门。大门右边是传达室，旁边是我常去翻找信件的信件栏，因为我家常会收到红蓝相间边框的航空信件。进得大门，是一条笔直的大路和两边高大茂密的法桐树，每到傍晚，树上挤满叽叽喳喳准备宿窝的麻雀，树下的路面上尽是斑斑点点的鸟粪。

对于孩子们来说，偌大的工厂里可以玩的项目实在太少，厂区大门口反而成了孩子们的游戏场，用现在的话来说就是"网红打卡地"。玩什么？中间进出车辆的两扇大门底端是带滑轮的，地面嵌有

工厂大门

向内打开的扇形轨道。于是我们会双手攀住大门，一脚踏在门上，另一脚用力地在地上一蹬，于是身子就挂在大门上随着地面的轨道一同行进。东西照壁间宽阔的小广场上可以玩"红灯停，绿灯行"的游戏。大门口上方悬挂着一盏瓦数很大的灯，夏夜它会吸引来形形色色的昆虫爬到大门处，蝼蛄、蚂蚱、蟋蟀、金龟子等在平整的水泥地面上无处遁形，一晚上可以捡拾许多用来喂鸡。

俗话说水火无情，在这厂里我们都亲身感受过。大约是我上小学六年级时的某一天，刮了整整一天的大风，傍晚我和两三个同学听到一辆辆消防车拉着警报从门前向东驶去，便约着一路跑去看看是哪里着了火，追到半路也没看到。天色已黑，在往回走的路上反而看到造纸厂后面的天空一片红色，好奇心驱使我们进入厂区一探究竟，可刚进厂便迎面跑来几个工人，一边慌乱地叫我们这些孩子快回家属院去喊人——厂里着火了，一边跑去传达室打火警电话。我们既慌张又带着些许兴奋——终于遇到我们可以帮忙的大事了！我们百米冲刺般跑回家属院，找了一个搪瓷脸盆，一边猛敲，一边挨家挨户砸门，喊着"厂里着火了！去救火啊！"不到几分钟，全家属院都被惊动了，大人们纷纷拿着大扫帚、脸盆、水桶等跑向工厂……

等我们随着人群涌向厂区后面时，但见几个小山一般的破布料堆已燃烧得映红了天，烟雾使得能见度很低；原来层层叠叠码得像金字塔的物料堆坍塌后阻碍了路面，炙热的空气让人根本近前不得。端着脸盆、水桶的我们只得帮着扎上消防车漏水的水带……临近天亮才控制了火势，泥泞不堪的地面上到处是用尽的灭火器、脸盆，像一个大垃圾场。

一周后，厂区调查出起火的原因，原来是那天大风导致工厂周边一处火灾，火种又被刮到我们厂引燃了物料区。厂区对参与灭火的职工和家属进行了表彰，包括我们这几个小孩，语文老师还要我们把这次事件写进了作文里。

1987年8月26日，济南降下了特大暴雨，这是自新中国成立以来济南市最严重的一次自然灾害。据当时雨量站的记录，日降水量达270毫米，解放桥测量站最大降水量达340毫米，市区平均降雨量达315毫米。那场大雨使家属院像一处水塘，当时整个院子里就只有两栋筒子楼，其他都是成排的平房。屋外，水快漫过了家门口堆砌的两层沙袋；屋里，水源源不断地从水泥地缝里涌上来，锅

造纸厂基建科合影（后排左二为我父亲）

碗瓢盆在屋里漂着，被褥衣服等都被临时堆到了床上、桌上。家家户户都在排水，大人、孩子轮流用脸盆不停地往屋外泼水，全家人都被折腾得筋疲力尽。

由于平房建造年代久，又被大水泡了这么长时间，考虑到职工和家属的安全，厂里通知所有人离开自家危房，带上被褥搬去厂里的办公楼住。蹚水出来才发现家属院外面也是一片汪洋，连平日的排水沟都看不见了，要先用根棍子在前面探路；厂区也淹了，生产暂停。家属院百十多口人被分到办公楼的几处大房间里，用临时拼凑起的办公桌当床，这下我们小孩子可开心了。一是不用上学，二是这么多街坊邻居吃住都在一起，玩起来更方便了。随后的几天，积水慢慢消退，加上抽水机日夜不休地排水，约一周后我们才都回到泥泞的家属院，打扫各家卫生。

时间之所以记得这么清楚，是因为那天本应该是返校补考的时间，结果都没能去，开学后才另找时间补考的。

二

造纸厂有一所自己的子弟小学，校园就位于家属院的最后一排，有六间教室、两间办公室、一间广播室兼校长室、一处公厕和一个水池，它们组成"U"形包围着红砖铺地的篮球场。另一面是一处沙坑，两棵大杨树。我六年小学生活就是在这几百平方米的三合院子里度过的。

它也是周边工厂中唯一的一所厂办小学，生源除了一部分周边工厂的子弟外，大部分还是造纸厂子弟，所以很多同学都在这家属院里居住。上课铃、下课铃还有第六套广播体操的乐曲，家家都能听见。学校距离我家只有二三十米。同学长宝家更过分，老师办公室的窗户与他家窗户斜对着，说话都能听见。他在家里跟在学校一样，大气也不敢出，太憋屈了，我们都很同情他。

大约在我上四年级时，学校里才来了一位音乐老师，是个衣着朴素、体态肥胖、短发花白的中年女人，因为她是从西藏调回的，所以胖嘟嘟的脸颊上总有两朵高原红，塌鼻梁上架着副厚厚的近视镜，四季都挎着一个老式的皮革拉链包，一口异乡的普通话说得并不普通，走起路来风风火火也总气喘吁吁。听说她住得比较远，和大多数住在附近的教师步行来学校不同，她要乘坐公交车来上班。

许是小学音乐老师的先入为主，我一直觉得唱歌的都必须是胖子。尽管一周没几节音乐课，可是上课的仪式感却是最强的，常常需要四个以上的男生去抬那架沉重的木制脚踏风琴、搬琴凳，更多的时候是音乐老师自己背着一架手风琴来上课。她演奏手风琴时最有范儿：先将左臂从胸前穿进风琴背带，解开连接中间的风箱小皮带，两片风箱"嗡——"的一声便缓缓展开，再将右手臂穿进背带，于是黑色的手风琴就这么拥在她怀里；左手像我现在敲击电脑键盘一样飞快地敲击贝司按钮，右手灵活的指尖在黑白琴键上欢快地跳跃，加上熟练地配合拉动风箱，旋律就此流淌出来。音乐老师原本就红扑扑的脸在那一刻就像在放光……

她在课上总寻到机会就结合自身为例讲些人生道理给我们，例如人一定要吃好，不管食物好吃不好吃，只要是身体需要的元素就摄入，穿得怎样无所谓。从她的体形和穿着上看，她确实是知行合一、言行一致了。她对待自己的身体像对付数学题一样理性，对自己都这么严苛，对学生可想而知，这也是我们怕她的原因，但遗憾的是我们只能做到遵守纪律，按照课本要求的"欢快、活泼地，豪迈地……"，按部就班。可惜大多数同学都没有什么音乐细胞，所以她常常很失望。

　　她的肢体语言有一半是用食指指人，另一半是用大拇指加强她的语气。她掏出手帕有时擦汗，有时擦镜片，再揉作一团揣进口袋，才缓缓开口："我说句你们不爱听的话……"这是她的开场白，知道别人不爱听她依旧要说，性格直爽的她也是没有几个要好的同事，除了美术老师。直到长大后我也成为美术教师，才切身理解了音体美这些副课在现实教育体制中的地位。如果遇到一名事业心强又负责任的该学科教师，那确实是件不称心的事，学科间的"惺惺相惜"在所难免。

　　在我读小学三年级时，从厂工会调来一名美术老师，这才结束了小学语文老师兼教图画课的历史。在学校我和其他同学一样称她"李老师"，在家我喊她"妈"。受"李老师"的影响，我对画画的兴趣一直保留下来，小学里写过一百遍的《我的理想》这样的命题作文，写得最多的也是当画家。根据小学作文详略得当的要求，"美术李老师"就此略过了，因为她还会频繁出现在书中其他的文章中。

临近小学毕业，同学们商量着送给母校什么作为纪念，班长提议去黄台山那里找棵香椿树移栽到校园，到春天还可以吃香椿芽，这样老师们会一直念我们的好，这主意大伙儿一致通过。很快，班长就带来了一棵比我们高不了多少的小树苗，同学们七手八脚把它种在了教室门口，皆大欢喜。小树后来如愿成活，不过长出枝叶后竟然发现是棵臭椿！

　　上初二时，我的个头儿一如既往是全班最矮的，而小学栽下的椿树已经快长过屋顶了。母亲不知从哪里听来的风俗，要我大年初一深夜独自去抱一棵椿树并大声念叨三遍口诀，据说这样来年小孩就长得快了。那时我家已搬到小学后面的楼上，母亲是小学老师，有校门的钥匙。于是在那年的大年初一深夜，我胆战心惊地飞快跑到楼下的校园里，攀上那棵仅一拳粗的臭椿树，念叨着："椿树王、椿树王，你长粗来我长（zhǎng）长（cháng）；椿树王、椿树王，你长粗来做梁檩，我长长来穿衣裳……"此后的一段时间，我常问母亲它还长没长。直到上高三，我的个头才突飞猛进，一年就长高

造纸厂子弟小学校舍（2015 年左右被拆除，图左前排第三棵树便是那棵臭椿）

了七厘米，心里的一块石头才落了地。

三

母亲从小喜欢画画，也正因为这一技之长，她从车间被调到工会俱乐部做管理员。俱乐部在厂办公楼一楼，有两间活动室：一间是阅览室兼棋牌室，在中午和晚上开放；另一间是放映室，只在晚上开放。所以在中午和下午职工下班后才是她忙碌的时候，很多职工是吃完晚饭就赶到放映室早早占下座位，再到隔壁翻看杂志或下棋，到演电视连续剧的时间，大家就一窝蜂又都涌回隔壁放映室去了。那里的木柜上有台二十多英寸的彩色电视机，也是工会的"奢侈品"了。《血疑》《霍元甲》《陈真》《黑名单上的人》等电视剧，我都是通过它看的。人多的时候，两面的窗台上都挤满人，当挤不下时，电视就会被人们七手八脚地抬到窗外，在厂里的街道上露天放映，那股热闹劲儿，多少年后都再也没有过。

造纸厂厂徽

俱乐部每天要到晚上十点多才关门，那时我常常跟着母亲工作，写完作业就翻看杂志，直到困得睁不开眼，就趴在阅览室桌子上睡，下班时被母亲叫醒，帮忙一起收拾卫生后，一路打着瞌睡回家。白天，母亲的工作并不忙，可以画画，与工会其他画画高手一起参与工厂的宣传创作。厂区最大的一面照壁，有两层楼那么高，当时还是搭脚手架创作的黄河壶口瀑布风景画；托儿所的小照壁上，画的是葡萄架下的宝宝；办公楼大厅墙上，画的是黄山迎客松。他们创作这些作品的过程，我当年是亲眼所见，成管、成盒、成箱的油画颜料，一笔笔厚重地涂抹到墙面上，奶油蛋糕似的，看着很有食欲。现在想来，那些油画作品从构图创意到绘画水平，都很专业，即使拿到现在也算不错的作品。

那时母亲的作品在厂里已小有名气，用来装饰俱乐部的油画作品都出自她的手笔。她喜欢猫，也以油画画猫最为拿手。先用纤维板刷上乳胶晾干，再画上几遍黑色作底色，之后采用扇形油画笔模仿中国画画动物皮毛时的丝毛画法，表现猫的花色和皮毛，层次丰富多变，使小猫富有逼真的质感，所以常有人前去求画。

她也常带上我去拜访身边画画的高手，虚心向他们求教。一路之隔的轻工化学总厂有一位画家，我至今记得，他家也是一间平房，一盏白炽灯，光线昏暗，墙上挂满油画，色彩是酱油色的调子，画的都是海岸边的木船，仿佛在随着海浪摇曳。

还有一位女画家。大约到了南门桥再向西拐进一条东西街巷（猜测是已拆的后营坊街），那是条笔直悠长的街巷，阳光从树荫的缝隙间斜射下来，形成的一束束粗粗细细的光柱，又穿过轻纱般薄雾照在巷子尽头。行至街中段拐进一家旧时的大门楼，又在拥挤的院落中拐了几道弯，才是女画家居住的小屋。同那时大多数人家一样，一间屋既是卧室，也是客厅和饭厅，家家进门占用面积最大的就是床。母亲和她谈的什么我记不得了，记忆犹新的是床头挂着一幅油画，画面中一个裸女包着头巾背身坐在白色的床单上，裸露的脊背，柔和的肌肤，逼真的床沿布褶……我坐在床尾的小凳上，眼睛偷偷打量那个女画家，猜测这是不是她的自画像，身边这床又是不是画里的那张床，可猜不透的是她自己的后背怎么能看得到。长大后，当我见到法国画家安格尔的《瓦平松的浴女》那幅画时才恍然大悟，原来是女画家临摹的作品。几十年过去了，我依然记得在那间局促的小屋里初次见到那幅画时的情景。

四

造纸厂的三层办公楼呈"L"形，与家属院的围墙合围出一处院落，中间建有一个大花坛，假山叠其中，桃树、月季等花木位列四周，其间还有红砖铺就的小径，也算鸟语花香的一处花园。这里是去一楼俱乐部的必经之路，我已很熟悉，但其他楼层我很少去。那天是周末，办公楼冷冷清清，我跑去三楼上厕所，一抬头就发现厕所门口的屋角竟然有一个泥巴筑的燕子窝！这对从小就爱爬屋檐掏麻雀窝的我来说简直充满惊喜和挑战。二话不说，我找来一根竹竿就把它捅了，还"缴获"了两只小燕子。我高兴地跑回俱乐部，谁知被母亲一通批：燕子在厂里筑巢预示着吉利和好运，大家是为了讨个福气……我知道这下捅了马蜂窝，就赶紧把两只小燕子装进纸盒，放到了一楼花园的假山上，可是大燕子只是啾啾地叫着盘旋，

小学一年级美术课本

手绘瓷盘　2017年　13.3 cm×13.3 cm

父亲的搪瓷缸

手绘瓷盘　2017年　13.3 cm×13.3 cm

就是不落进去……后来，母亲主动去厂里说明了情况，厂里还专门做了一个盒子固定在原处，我就没再好意思追问母亲：燕子怎么样了？回来了吗？……

在我上大学后，厂子逐年衰败，它开始频繁更换厂名（山东高级薄页纸厂、山东蔡伦纸业有限公司、济南大易造纸三分厂、济南银星纸业有限公司），最终还是没有改变破产的命运，属于它的历史终于落下了帷幕，以致我常常自责，是当年那个不懂事的小孩儿因顽皮才导致厂子不景气的。那时人们普遍认为工厂职工捧的是"铁饭碗"，不出意外职工子弟会接过父母的"铁饭碗"，一代一代传下去。家属院里比我们大的几批孩子都是这么参加工作的，成了厂里老谁家的小谁。我没有走这条路，而是一直在上学，直到成为家属院里的第一个大学生，毕业后做了一名教师。可惜，父亲没有看到这一天，他只陪伴了我十七年，如果他地下有知一定会很欣慰。事实也证明真正的"铁饭碗"是有技能，无论走到哪里都有饭吃，而不是固定在一个地方吃饭。

现在，那里方圆几公里都发生了巨大的变化，不止是周围的村庄，就是当初有着成千上万职工的那些工厂、高耸的烟筒、拥挤的家属院、叽叽喳喳的小学、郁郁葱葱的大杨树，全都荡然无存，没有一丁点儿痕迹，仿佛它们从来也没有在这片土地上出现过，可我却真真切切地在那儿生活了三十多年啊，怎么一眨眼就没了呢？

那一座父辈的工厂，它曾是我的家。

托儿所

你们的记忆是从什么时候开始的呢？我的一切记忆都是从厂办托儿所开始的。这段时光是我记忆的上限，在此之前的时日我毫无印象，那就从这里开始说吧。

在这个厂里，叫"托儿所"确实比称呼"幼儿园"更贴切、更形象。职工一早上班时，就把孩子托付到这里，下班时再把孩子接回家，如此往复……

托儿所是厂区里一处坐东朝西的三合院落，低矮的花墙和月亮门正对着厂办公楼，迎门是月牙形花坛环抱的影壁，上面画着一个胖嘟嘟的、大笑的男娃，下面鲜花环绕。影壁墙后是厂里自己焊制的滑梯架，沿阶上到滑梯的平台，比大人头顶还高。滑道是用一节节灰色工业塑料板拼上去的，滑下时小手不敢去扶两边围挡，因为会产生静电，但并不影响这是小朋友们最喜欢的娱乐方式。说"最"

有些夸张，因为院内除了这个滑梯和一个简易的转椅，就没有其他的娱乐设施了。

托儿所也分大、中、小班。我实在想不起来有没有在院子北面的几间平房里待过，待在那里的是托儿所中年龄最小的孩子，不是躺在床榻里等着大人上班空隙来喂奶，就是刚蹒跚学步。东面几间大平房就是教室、午睡区，东北角有厕所。大家列队集体上厕所，排队打滑梯，按时做游戏、吃饭、午睡。在这统一的节奏下，我们也像厂里生产线上的产品，整齐划一。

托儿所的集体活动中我最喜欢户外散步，因为可以去工厂外面的世界看一看。小朋友们列成两队，一根拔河用的粗麻绳从两队间穿过，靠近麻绳一侧的小手抓住它，由一个保育员阿姨在队伍前牵着，一个保育员阿姨在队伍后跟着，就像串在一根草茎上的蚂蚱。出得

1975 年全家福

算数练习器

水彩画　2018年　38 cm×26 cm

厂来，队伍沿路向东行，路旁是大片大片的稻田，远处是矗立着的华山……

乖孩子不仅会得到表扬，还会在教室墙上的姓名后得到一朵小红花。在这"红花会"的游戏规则下，我们个个争先恐后：在小椅子上坐得笔直；自己吃饭；午睡按时闭眼，"睡着的"积极举手……

在一片红彤彤的"花海"中，属于我的小红花既不多也不少，同大多数小朋友的一样，平庸且安全，一如现在的我。

17

姥 姥

　　说到姥姥，要先交代姥爷。1915 年，姥爷出生于泰安，他还有个弟弟，两人打小没了娘，吃不饱饭，又常挨后娘打，十六七岁时他便离家去投奔他那在济南做小买卖的舅舅。做了几年学徒后，他的舅舅要回老家养老，于是二十岁冒头的姥爷自立门户，生意也渐渐有了起色。再后来经老乡介绍娶了泰安城粮食市街的师家的闺女，她就是我姥姥。1948 年济南解放前后，这对夫妇共生育了八个子女。老大是男，老二、老三、老四是女，老五、老六、老七是男，老八是女。这些子女们又生育了十个孩子，便是我们这一代。我的母亲排行老三，在我小时候，三个舅、一个小姨还和姥爷、姥姥住在西门东流水街一个"L"形的院落里。姥爷已是常年卧床，偶尔出来也是拄着拐杖在大门口晒晒太阳。屋里屋外事务多靠姥姥一人打理。她还是那条街的街道主任，在街坊四邻中比较有威信，常常走街串户工作，回家还要照顾姥爷，闲时很少。

我是姥姥家年龄最长的外孙子，俗话说"外甥狗，外甥狗，吃饱了就走"，指外孙不如孙子亲，不会念恩。这话姥姥虽常挂嘴边，可在生活中，特别是我与一众姐姐们发生争执时，姥姥总站在我这边。姥姥做饭比我母亲做饭好吃，所以我常在姥姥家蹭饭，吃饱了也不愿意走，况且那里周边比厂区好玩，四下都有泉水。姥姥做虎皮青椒是一绝，炸得油汪汪，辣得我们直哈气，那可真下馒头。姥姥家的饮食习惯还是沿袭了泰安的饮食习惯，主食是酸煎饼。老话说，老太太吃煎饼——东拉西扯。可她就爱吃这一口，咬不动就把煎饼泡着汤吃。我还记得她的一副假牙常泡在玻璃杯里，可我从不敢拿出来玩，知道那是她吃饭的家伙。

我家住在市郊，上小学后，每到周六吃完晚饭，就迫不及待地乘坐 3 路公共汽车去市里姥姥家过周日。到了"西门"这站，一路沿着护城河向北小跑，经过一座东西向的绿色铸铁桥，就到了东流水街的北端，正冲桥西头的这家便是。天黑后，两扇木门看似

我的姥姥（拍摄于 20 世纪 70 年代东流水旧居）

插着，其实还是为我这个"外甥狗"留了门的。我把小手伸进门缝，用中指顶住门闩，一点一点往右就能拨开门闩。进门后，插上门闩，把门里一根拴绳的铁钉插进门闩一端的小孔里，用这土办法上保险，在外面就拨不开了。

　　记忆中，姥姥常常在院中的北屋门里，弓着腰坐在马扎上，偎在炉火旁；炉子上的水壶盖子正被蒸汽顶着，发出"吧嗒、吧嗒"的声音；小桌上画着"松鹤延年"的瓷茶壶安静地闷着刚刚沏上的酽茶，滚烫的水早把茉莉花茶香沁得满屋飘。她左手夹上根泉城烟，凑近右手划着的火柴，猛嘬几口后长长地吐出团呛人的烟，燃烧的火柴棍在右手几下摇晃中熄灭，又化作另一缕细烟，然后整个人就都罩在那团烟里了。除了抽烟与时不时咳口痰吐在炉灰里，其余时间，姥姥就半晌怔怔地一动不动，直到香烟将要燃到被熏黄的手指头，就再衔上支新烟卷，将快燃尽的烟蒂倒过头来对着，猛嘬几下，就这么一支接一支……

姥姥的茉莉花茶

水彩画　2021 年　42 cm×29 cm

旧时光 The OLD TIME

收音机

　　小时候，家就是一间房子。

　　那是单位宿舍院里五六排平房中的一间屋，里面住着我们一家四口。屋中央靠东墙有张两抽桌，左右放两把椅子，墙上挂着毛主席像与一些相框，相框里面嵌着家人泛黄的老照片，这便是客厅；分列椅子旁的两张床就是卧室；两抽桌下套着张小桌，拉出来围上四把板凳，就成了餐厅；两抽桌上坐着一台南京无线电厂出品的熊猫牌收音机，呈梯形的淡蓝色塑料外壳，真像熊猫一样敦实笨重。它比我年龄还大，从我上小学前一直都是家里唯一的大件电器。它左面旋钮是开关，右边旋钮是调台，中间有一长条形状的调频面板，上面正中嵌着一个熊猫商标，右上角的燕子鱼是夜光材质的，旋开左钮，鱼身中间嵌着的小灯随即变成橘色。

　　20 世纪 70 年代时，广播电台一天中分三个时段播音。从早上的广播体操、气象预报、新闻与报纸摘要，到中午和晚上的全省联播节目、转播中央人民广播电台及各地人民广播电台联播节目、文艺节目、选播节目等，内容重复率高，却不乏我们小孩子喜欢的栏目。童年不仅是幅画，是首歌，还是一段声音，让人过耳难忘："嗒嘀嗒，嗒嘀嗒，小喇叭开始广播啦！"便开始全神贯注听《孙敬修老爷爷讲故事》……

80年代初，父亲带着我去广州探亲，捎回一台三洋牌单卡收录机，这下家里的电器升级了。它不仅兼顾了收音机的功能，还可以放磁带和录音，外形比那台"熊猫"更加小巧轻薄。机顶五个像麻将块

熊猫牌收音机

手绘瓷盘　2017 年　13.3 cm×13.3 cm

的按键，还有彩色的凹陷圆圈，手指触摸上去更有质感，就连磁带舱门弹出的声音，都那么悦耳。舱门上还斜贴着三洋彩色的不干胶商标，画的是两个相拥在一起的不同肤色的孩子。如果不用交流电，机器背后的电池仓装上五节1号大电池，就可以一边走一边拎着听，再穿上喇叭裤，戴上蛤蟆镜，在当时那叫一个时髦！父亲购买了许多流行歌曲磁带，邓丽君、张帝的歌是家里最常放的。初中时，天不亮就要用它来收听英语讲座节目，后来父母为了让我多睡会儿，又改成用磁带录下来回放。很快，我抽屉里就满是英语磁带了，这成了我的"噩梦"。

这台带着黑色牛皮套的红灯牌半导体收音机是60年代初上海一〇一厂生产的，被姥姥称为"戏匣子"，它曾陪伴老人很多年。1995年，正在上大学的我把它从姥姥家的一个老橱柜里翻了出来，放上两节大白象电池，居然还能正常工作。于是上大三、大四那两年，我整日挎着它，白天画室，晚上寝室，形影不离。

那时即使是在济南这座省会城市，晚上能收听的电台栏目也是少得可怜。不过有档征婚热线栏目刚开播，听众可以通过热线与主持人和征婚人互动，而且与广播播音员字正腔圆的语言风格截然不同，这个叫"金山"的主持人观点犀利，语言也很接地气。常常有同学在画室另一端大喊："拧大声点！"原来都在竖着耳朵听。打热线的人形形色色，聊的事也五花八门，让我们这群象牙塔里不谙世事的大学生大开耳界，也成了我们了解社会的窗口。无论是电视台还是电台，主持人都分两种——栏目主持人和主持人栏目，金山

三洋牌单卡收录机

手绘瓷盘 2017 年 13.3 cm×13.3 cm

自然属于后一种。虽然大家对他的评价褒贬不一，但他鲜明的个人风格，辨识度很高，让后来这档以主持人命名的夜话栏目家喻户晓，坊间也流传了不少他的语录。直到 2018 年金山退休，这个栏目也随他一同退出了。三年后，金山病逝，那曾在深夜里陪伴我们的声音就此逝去。

从"熊猫"到"三洋"，再到"红灯"，概括了我听收音机的历史，也正是它们打开了我的话匣子，东拉西扯那么多。

冲锋枪

我家书房墙上挂着一支生产于20世纪70年代的铁皮玩具枪。它曾是那个年月每个男孩做梦也想拥有的"重武器"——火力强大的冲锋枪，是男孩玩具里的奢侈品。

谁说小孩不懂事？在当时，这等高级货不用问就知道父母是断然不会买的。从那个时代的宣传画中不难知道，它是我国50年代仿制苏联AK–47突击步枪而研发的56式冲锋枪，雷锋像中胸前端着的钢枪正是它。虽然是铁皮玩具，但在孩子眼里它不仅外形很逼真，还兼有科技含量，"声光电"都全了。扣动扳机后，伴随着"嗒嗒嗒"的声音，枪管与弹夹上的半透明红塑料板也一同跟着灯光闪烁。电池仓位于枪托处，塞进两节硕大的1号白象电池，就犹如上满了子弹，沉了不少，更增添了枪的真实感。

说得这么热闹，我的童年里却没有它，只有拥有它的梦想。

玩具冲锋枪

手绘瓷盘　2017 年　13.3 cm×13.3 cm

　　三十多年后的某天，它竟然被我在破烂集市上遇到，而且还是崭新的，跟我梦想得到的那支一模一样，十五元钱就圆了这延迟了几十年的梦想。我如获至宝般捧回家，小心地拿给儿子玩，巴望着儿子也同儿时的自己一样欣喜，可儿子新鲜不到半小时，枪就既没了声，也没了光，被儿子抛到旧玩具堆里去了。

驳壳枪

　　我从儿子身上发现，孩子总会用他最感兴趣的一个点去记忆某人某事，与大人的角度截然不同。"哦，是不是送我变形金刚的那个叔叔啊？""是那个给我买遥控车的伯伯吗？""欸，是不是那个挨揍的叔叔啊？"……孩子是不会管哪壶开或不开的。另外，他也总能准确地觉察出该给谁讨要玩具成功率高，不知这是不是与生俱来的本领。

　　我小时候就因为一把塑料驳壳枪记住了一个泰安的大舅。一天，住在西门的姥姥家来了一位客，他是姥姥家的亲戚，我们叫他"大舅"。大舅是位火车司机，在那时算得上高收入人群，每趟来济南就给长辈们买吃的。有次我正好赶上他来，当天他就抱着我去逛泉城路，任我选喜欢的玩具，于是就有了那把灰色的塑料驳壳枪。回来路上，我就骑在大舅肩上，高举着枪，当自个儿是骑马打仗的士兵，见人

驳壳枪

手绘瓷盘　2017 年　13.3 cm×13.3 cm

火柴枪

手绘瓷盘　2017 年　13.3 cm×13.3 cm

就瞄，指哪打哪，那叫一个神气！那枪是模子翻的，所以中间有一道细细的凸痕，这是我不满意的，就自己用小刀一点点刮去，这才更逼真。这等心爱之物一定是要做记号的，于是我用圆珠笔在弹匣的位置郑重其事地写上了自己的名字。

在那个大家都穷的年代，能不花钱就尽量不花。小到玩具，大到家具，人们都是自己动手或请人做。孩子们手上的玩具枪多是在木板上画好样子，锯出外形来，再挖出扳机孔，打磨一下，只要没木刺不扎手就好。讲究的就在枪托下再拧上"羊眼螺丝"（过去木头窗户上的风钩配件），系上红布。在孩子们的游戏中，谁拥有这样的枪，高大的正面人物就非他莫属了。

玩打仗可是男孩们乐此不疲的游戏，可谁都想演好人，不想演坏蛋，那就只有用"剪子包袱锤"来决定了。之后又是谁也不想早早出局，你就是开"机关枪"也打不死他，即使被强制安排"死"，最后还要给自己加戏，上演各种临终挣扎的桥段，磨磨唧唧。于是又是一顿争执，一方以"你赖皮，俺不玩了"为要挟，一方才妥协，然后又是"枪声"伴随着唾沫星子齐飞。直到天黑被各家各妈召回吃饭，喊几遍不听的，直接就被揪着耳朵拎回家，乖乖被缴了械。

小财迷

20世纪七八十年代，姥爷姥姥家屋前屋后到处是泉水，可以去逮鱼摸虾，比在工业区的我自己家好玩，所以我常常一个暑假都待在姥姥家。当然不能光玩，也要"劳动"，就是跑腿给姥姥买油盐酱醋，或给五舅打散酒，街道上的供销社离得也不远。找回的钢镚儿常常作为跑腿费，不然我怎肯牺牲玩的"宝贵"时间！

五舅很早就进了工厂做钳工，一身疙瘩肉直长到脸上，"横"到街面，顿顿不离酒肉，喝了酒更是天不怕地不服地横冲直撞，除了姥爷谁都治不了他。有了工资他也存不下，所以常常撑不到月底，就去六舅、七舅家借钱。虽然我也怕五舅的暴脾气，但还是希望他多喝，因为他大方，常常把找回的五分钱这样的大钢镚儿都给我。

姥姥家衣橱下的抽屉是我的秘密小金库，每当往抽屉里投进一枚钢镚儿时，都禁不住把密密麻麻、银光闪闪的钢镚儿数一遍又一

旧时光 The OLD TIME

遍，把小手都染黑了。后来学到课文《葛朗台》，其中一段说："他要女儿把黄金摆在桌面上，他一直用眼睛盯着，好像一个才知道观看的孩子一般。他说：'这样好叫我心里暖和！'"我会心地笑了。但儿时的我还是没能成为"小葛朗台"，因为还没等到金子，下面这件东西就轻松俘获了我。

那天跟母亲在西门街头遇到个骑三轮车的商贩，车上全是花花绿绿的塑料铅笔盒，多是卡通动物图案，下面衬着海绵，开合还是"半自动"的，只需轻轻一松手，"啪"的一声就被里面暗藏的吸铁石自动吸上。要知道当时我们用的多是千篇一律的铁皮铅笔盒，打开盒盖内侧印的永远是乘法口诀。所以当遇到这样一件未曾见过的新奇宝贝，缠着妈妈也不给买时，我就毫不犹疑地动用了自己攒了半抽屉的钢镚儿，买后竟还有剩余。

又过了几年，我终于有了自己的存钱罐，那是母亲犹豫很久，花八元钱在市里给我买的。它是一栋有门窗的铁皮小房子，窗口有只兔子，眼球还会在眼眶里面晃动，每次把硬币从房子的烟囱口投下，都会发出清脆的哐当声。当房子变得沉甸甸，挤得兔子的眼珠都晃不动时，就用钥匙打开房子的门。

姥姥说，"三岁看老，这小子长大准是个财迷"。

我长大后渐渐明白了一个道理，喜欢的东西能拿钱买到的都不贵，最珍贵的东西恰恰是无法用金钱来衡量的，也是买不来的。

铁皮存钱罐

水彩画　2019 年　30 cm×30 cm

铅笔盒

　　"啪嗒"一下抠开它，迎面是阶梯型的乘法口诀表和粘上的课程表，铅笔盒的底部铺着叠齐的白纸，长短不一的铅笔中夹杂着铅笔刀和橘子味的橡皮；同桌的她正埋头看书，在垂下的头发间只露出鼻尖与下巴。窗外射进的阳光将这一切统统笼罩在一起，也为她的头顶箍上一圈金边。眯起眼仰着脸便可看到空中尘埃飞扬，喔，还有一颗正朝我急速飞来的粉笔头……这些琐碎又清晰的旧物，便是带你穿越回过去的"月光宝盒"。瞧上一眼，触碰一下，就会重现往昔，五味杂陈。

童年的铅笔盒 · 哪吒闹海

水彩画　2018 年　38 cm×15 cm

童年的铅笔盒 · 白雪公主

水彩画　2018 年　38 cm×15 cm

点心盒

孩子找吃的总是很在行，或许是出于本能。我自己家是没什么好吃的，况且还有一个大我一岁的姐姐，有吃的也攒不住，还常常因为分配不均打架。但我知道哪里有好吃的——姥姥家。

姥姥的三个女儿回娘家或是家里来了客时，总会拎些点心。在北屋里间炕旁的橱子上，常年放着两个铁皮点心盒子，里面的点心是预备姥爷饿了时吃的，对我们孩子也最有诱惑力。等里屋没人时，我会飞快地拖一把凳子进去，踩上去还要踮起脚，小手才刚刚够得到那点心盒子。最大的响动就是用力抠开盒盖的那一声"嘭"，这时要稍停一下，环顾四周，紧张中又有即将到嘴的兴奋与期待，那感受跟如今的开盲盒差不多。小心翼翼地把手探进去，是什么点心能摸索出个大概，多是桃酥、蜜食、江米条、开口笑，遇到后三种好办，可直接塞进嘴里；可如果是桃酥就要用另一套法子了，因为它体积大，三口两口吃不完，于是就需要单手在盒子里面掰碎它，为了防止掉渣儿，不在橱台上留下痕迹，还要一边接渣儿，一边仰起脖子吃，再小心翼翼把"作案现场"清理干净。小手抹一把嘴边粘的点心渣儿，最后往衣服上一擦，把凳子再拖出去，就跟没事人一样，大摇大摆地出去玩了。有时周末表弟也来姥姥家，多出的这个"外甥狗"，是我的小跟班，还能给望风，可他口风不严，常常吃了还到处"谝拉"（济南话，炫耀的意思）。

　　唉，现在回想起来，两位老人怎会不知道，只是睁一只眼闭一只眼罢了。

全家福（拍摄于 20 世纪 80 年代东流水旧居）

臭小

　　过年时，孩子们之间总会攀比自己拥有的鞭炮（济南人叫"炮仗"）数，单位是"响"，就像现在孩子压岁钱的单位是"元"一样。关于响数，每挂鞭炮上都有标注，整挂的可不舍得拉挂（济南话，一次性放完的意思），一定要仔细地把编在一起的炮仗引线小心翼翼地拆开，把拆散的小炮仗一把一把塞进口袋，点根香，一个个放。遇到没响的，还要把炮仗拦腰掰开，把里面的炸药倒出来引燃，那叫"呲花"。因为这每一响都是钱啊，孩子们都是充分利用，不浪费"弹药"，以这种更经济的方式把放鞭炮的喜悦延续得久一些。

　　家属院里的每一帮孩子都有一个年龄稍长的"孩子王"，我们这帮的"孩子王"小名叫臭小。原是他家终于在生了招弟、唤弟、来弟三个姐后为了好拉扯这个来之不易的儿子，故意起了个"贱名"。院子里的孩子们用炮仗炸过各种东西，口味最重也最刺激的当属去茅房炸屎！

　　有次过年，在臭小的带领下，我们这帮孩子带足"弹药"直奔茅房，那可是我们小孩子过春节的"传统"保留项目，而他又是此中高手，可以在不同的坑位依次引燃几个炮仗，然后从容镇定地安全离开。当然这是有窍门的，需要事前把炮仗引线用手捻开，弹出些火药，这样就减缓了它的燃烧速度。

　　大院里的公厕原本有四个坑位，后来随着家属院人口的增加，又在外间增设了俩坑，于是成了里外间。大家都伸长脖子躲在最外间的门口往里瞧，但见他蹲在里间的茅坑旁，慢慢俯下身，其中的各个环节都需要操作者具有不同的勇气。……（操作步骤省略三十字，请各位看官自行想象。）前面果然进行得很顺利，爆炸声中屎尿横飞，孩子们欢呼雀跃。大家众星捧月般围拢着他，纷纷抢着把自己口袋里的"弹药"塞给他，他也当仁不让地接下这光荣而艰巨的"屎命"，没错，是命！后来就真出事了。学校黑板上方的标语常写着"谦虚使人进步，骄傲使人落后"。没错，臭小骄傲了，果然就落后了，落后于一枚"快信子"的炮仗。说眨眼的时间或许太快，但起跑的时间肯定是没有了，那时间只够他扭过半张脸，硬生生接下了那一响……这一炸，可谓惨烈，人就不便形容了，反正屎尿四溅后，墙上星星点点依稀可以勾勒出一个蹲着的身影。

　　从此，臭小实至名归，声名鹊起，再也没有孩子愿意和他玩了。我们这帮孩子也就散了伙，很快又陆续加入其他孩子帮。此后一段时间，常有些孩子帮前来现场学习，以便吸取教训，有的孩子仿佛亲历者，给伙伴们讲得头头是道。其实，四十年后带领你们还原现场的才是当时的目击者，还好我不是男主角。

你一定以为这个发生在四十年前的故事结束了，我也曾这么想，可谁让俺偏偏没憋住，忠厚地写出来了呢！

儿子是这篇文章最早的读者，读罢乐得合不拢嘴，对这其中某些片段十分向往，无奈现在的城市既没鞭炮也无旱厕。前两年，我们一家回陕南农村——孩子的姥爷家过年，当这小子发现条件都具备时竟然偷偷践行了！可扔进粪坑的炮仗半晌没动静，他就忍不住探头去看……这时，炮仗响了。终于了却了他的心愿，也变成了我文中写的名副其实的臭小……

故事到此才算圆满，真是"忠厚传家，诗书继世"，父债子还，儿子顶了我当年的"雷"。

贺岁新年

水墨画　2022 年　30 cm×30 cm

茅房

　　许是过去孩子能玩的东西实在是太少太少了，不仅能把石头、泥巴、叶茎玩出花样，连茅房也不放过。一所子弟小学，两座苏式筒子楼，几排平房，再配上两处公共水池棚子和一座半露天的厕所，就形成了这座造纸厂家属院的生活圈。

　　每到晚上，小伙伴们都被家长按着头写作业，个个痛苦不堪，唯有用上茅房的借口可以跑出来玩一小会儿，所以常常听到门外"咕咕，咕咕……"的叫声，那便是先跑出来的小伙伴的联络暗号，于是其他小伙伴也强烈要求上茅房，若是家长不答应就以各种不痛快"伺候"。好不容易出门来，小伙伴们见面先问"带火没"。大家或许纳闷儿，那里臭烘烘的有什么好玩的，莫非小屁孩学会抽烟了？且听我细细道来。

　　要知道造纸厂最不缺的就是纸，各种颜色、各种厚度、各种质地的纸，品种繁多，尤其是字典纸和卫生纸最出名。过去都以厂为家，所以厂里有的，家里都有。改为"家用"的纸——有适合糊顶棚的，有适合孩子演算的、画画的，还有适合擦屁股的（不知道为什么，那时的卫生纸都是粉红色的）。

　　冬天我们上厕所除了带卫生纸还要带火柴，划着火柴后小心地用手捂着火苗，投到茅坑里粉红色的纸堆里，大冬天边解手边烤火，准确地说是烤屁股，确实舒坦！请闭上眼睛想：一座半露天的"茅屋"，天上飘着雪，地下烤着火，小伙伴们安适地托着腮、唠着嗑。只是有时火候不好掌握，火大时，太烫了，就提着裤子换另一个坑，点着火接茬儿唠……只等家长在外面大声传唤，才匆匆提上裤子结束这安适的境界。

　　这才是我们小孩子的冬天。

　　这冬天里孩子们常玩的把戏，居然是零事故，从没听说哪家孩子把那苇箔屋顶的茅房给烧了的！

闹钟

　　闹钟俗称马蹄表。它曾是洋玩意儿，在 20 世纪初流入中国，从而带动了中国钟表业的发展。马蹄表是我国闹钟系列的第一代产品，它外观大方，表盘清晰，远远地就能看清几点几分。最大的特点还是表上的两只铃铛，它们比自行车铃小不了多少。两铃间还有一个小锤子，时间一到，小锤就一左一右地敲击两个铃铛，发出响亮的声音。过去家里看时间，除了看父亲的手表，就是看大桌上那个粉绿色的钻石牌马蹄闹钟。只要每天给它上发条，它就会嘀嗒嘀嗒不停息地为这一家人转。

　　　　我有很多时间，
　　　　它们停留在不同的时间。
　　　　在我有时间时，

会把时间都上满弦。

于是时间，

带着我，

嘀嗒嘀嗒地转，

嘀嗒嘀嗒地转⋯⋯

床前的马蹄表

手绘瓷盘　2017 年　13.3 cm×13.3 cm

小屁孩

家属院里新搬来了一家三口，住在这排平房的最东头。

这家人好像很"爱干净"，小男孩三四岁的样子，从不在屋里蹲盆子拉粑粑，一天里总在门外路上蹲那么几次。但见小屁孩褪下裤子，两只小手按在脚面上，半晌不吭声，暗下气力，拉出一个小屎橛，然后依旧蹲着，翘着屁股向前挪两步，再拉一个，再挪……等挪到尽头就到了他家对面的小厨房，便扬起头对着厨房门用浓重的济南腔开始喊："妈！拉完了——！"然后便抱着膝盖撅起腚等着他妈来擦屁股。待声音由厨房折射回屋里，他妈又常忙得抽不开身，于是这孩子就会一直撅着屁股不停地喊："妈——拉完了——！妈——拉完了——！"（此时虽隔着电脑屏与三十多年的时空，那句稚嫩的济南话依然在我耳畔回响。）直到他妈从门帘子后冲出来，匆匆擦完屁股打发掉他，耳根清净了，就又接着忙去了。

屋子与厨房间是整排平房的公共道路，于是整条道被他的粑粑给拦截了……对，就像这省略号在那地上杵着，等着路人来"中奖"……等他妈想起来时，才用一把铁铲把那串"省略号"一撮一撮铲掉，抛到厨房边的垃圾桶里。但他妈总是忙，很少一气呵成做完这一切。

　　现在我时常想起当年那家人。我的拖延症是不是当年他妈妈传染给我的？

写作文

　　上小学期间，最扫兴的事是写作业，最苦恼的事是写作文，最痛苦的日子是星期天的下午；最高兴的事是没作业，最痛快的事是不写作文，最盼望的日子是星期六的下午（过去不论上班还是上学，每周只歇一天半）。

　　瞧，我现在已经能熟练地用"最怎样，最怎样"的排比句式熟练地写作，这正是学校教育的结果。那时最多的命题作文就是"最难忘的人""最难忘的事""最难忘的一天""最想干什么"……那时真是盼望着长大，好结束这上学的苦差事。如今，儿子也和当年的我想法一样，整天羡慕退休在家的奶奶，我太理解了。终于长大了，翅膀硬了，我现在最想干的事就是吐槽！虽然我也为人父、为人师。

　　记不清从几年级开始要求写作文了。之前抄抄写写好说，造句

1980 年 5 月《儿童文学》

水彩画　2017 年　30 cm×28 cm

也好对付，大不了最后一招就是用"老师让我们用某某造句"的万
能句式。作文本的格式也很科学，既方便老师核查字数，也方便学
生按字数要求完成作文。但写作文真真是难为死我了，一直不开窍，
别说是无感而发的命题作文，就是有感也发不出来，根本不知道如
何下笔，为了凑那作文字数，真和挤牙膏似的，搜肠刮肚半天也写
不了几行字。

母亲曾在厂工会的工人俱乐部工作过，熟悉各种期刊的订阅，为提高我的作文水平，为我订阅了《儿童文学》。20 世纪 80 年代，正值中国连环画发展高峰，所以从封面、封二、插图到封底，每期都有丰富且优秀的美术作品。从文字到绘画，那时期的《儿童文学》堪称经典，我也会临摹那些封面和封底的绘画作品。我从排斥到喜欢，甚至每个月都企盼着新书的到来。

大约四年级的时候，学校组织去了趟动物园，回来照例要写作文，当时我突然就来了感觉。"写完大象写老虎，写完老虎写狗熊，写完狗熊写猴子，写完猴子……"下笔犹如神助，似滔滔江水，连绵不绝，又如黄河泛滥，一发而不可收拾，一张稿纸哪够写？于是用浆糊再粘一张……一张张写，再一张张粘，直到稿纸从桌子垂到地上才意犹未尽刹了车，远远超出老师规定的字数。整个一长卷，哪懂得要详略得当，这在老师眼里定是老太太的裹脚布！可这次的有感而发让我自觉在作文上开了窍，不仅有把规定字数远远超越的成就感，还有"翻身农奴把歌唱"的喜悦！另外，也扩充了例如写《我的理想》命题作文的资源库，从原来的科学家、宇航员、解放军，又添加进去了作家这个理想职业，平日最常写的画家这个职业远不及这个新鲜。

现在，上小学三年级的儿子也常常为写作文烦恼，我告诉他，作文其实和说话一样，写明白自己想说的话就是了。他也确实依照我说的做了，结果发现没那么难了。也不能怪那时没人这么告诉我，因为同学的作文都是这样假模假式，不说真话。

举个例子，学校在每年的清明节都会组织全体师生去烈士陵园扫墓，在学生心中就是例行的春游。大家都怀着无比期盼的心情，早早就开始和家长们准备。

学校要求每人都要完成制作几朵小白花的任务，除自己留下一朵外，其余的都上交学校，然后扎成几个祭奠烈士的大花圈。这对我家来说没什么难度，母亲作为美术老师，无论清明节学校扎花圈还是元宵节厂里扎花灯，她都是绝对的主力。至今我还记得叠小白花的步骤：首先将几张白纸裁好，叠在一起对整齐，再多折几下，类似手风琴的风箱；然后用细铁丝从中间把它扎起来，拿剪子把两

1982 年 6 月《儿童文学》

手绘瓷盘　2017 年　13.3 cm×13.3 cm

端的纸剪出圆弧状；最后用毛衣针把每层的纸边一点一点撬起，掩住花蕊部分的铁丝，再一层层整理翻上去，真就像盛开的白花。

出发前一天，吃的喝的都准备齐当。穷家富路嘛，一个苹果、两个煮鸡蛋，再带个馒头和咸菜当午饭，军用水壶灌上开水敞盖晾一晚上；红领巾、白衬衣、蓝裤子，这身参加学校活动的"标配"也已熨烫好叠放在床边。虽然已定好闹钟，还是激动得一夜没合眼，只盼着天亮。

第二天，终于在英雄山烈士纪念碑下完成了向革命烈士演讲、宣誓、敬献花圈等一系列活动。活动结束自然要完成作业，那时虽没有网络资料可以供大家查找借鉴，但交的作文却还是出奇一致：天空一定是阴沉的，以衬托我们无比沉痛的心情；只要是红的物品也一定是革命先烈抛头颅洒热血染成的，如红旗、红领巾；"献上寄托哀思的小白花""宣誓继承革命先烈的优良传统""爱祖国、爱人民，不怕牺牲，勇往直前""异口同声的誓词也定会在苍翠的山谷中久久回荡"……

快四十年了，我仍记忆犹新，可那时写作文就是挤不出个"字"来，用老师的话说，"吃冰棍儿，拉冰棍儿——没话（化）"。

要说没感受吧也不对，那为啥写不出来？

"爽"死了

　　我向你们保证这篇文章不是"标题党",恰恰相反,再应题不过了。

　　每到夏天,济南这座北方城市就成了全国"四大火炉"之一,好在还有能降住它的。夏日里吃冰棍儿是最幸福的一件事,没有孩子是不喜欢的。"冰棍儿"这词很贴切,它确实是硬邦邦的冰块中冻着一根细棍儿。我至今常用一招来降暑,屡试不爽,那就是冥想儿时吃冰棍儿的感受。"嘎嘣"一口咬下去,顿时不仅感觉扎(济南话,形容冰凉)得牙慌,还能眼睁睁见胳膊上起一层鸡皮疙瘩。实际上,孩子们一般是舍不得这么大快儿颐。正确的步骤是,接过冰棍儿,揭下裹着的包装纸,别着急扔,先舔一舔冰棍儿,尝尝苦不苦。没错,如果糖精拌得不匀,冰棍儿就会发苦,但可以再包上包装纸当场退换,没问题才一小口一小口吸吮着吃。从冰棍儿、冰糕、冰砖、雪糕、雪人……产品不断升级,价钱也从二分、五分涨到一毛、一毛五……

上小学时，我吃雪糕吃得最过瘾，常有机会两手抱着保温瓶对嘴"吹"！因为每年酷暑时，工厂总要向职工们发防暑降温用品，其中最受家属院孩子们欢迎的就是雪糕。我家平房在家属院的最后一排，后窗就对着厂区医务室，虽说那里常常会传出惨叫声，但却是我和姐姐期盼的窗口。父亲从厂区敲敲我家后窗，索要家里的保温瓶，我和姐姐就像窝里嗷嗷待哺的小鸟等待大鸟的归来。不一会儿父亲就拎着塞满了雪糕的保温瓶回来。有时我和姐姐把它们倒进碗里，待其融化，抱着碗喝，有时等不及就直接对着保温瓶喝。这还不算最爽的，印象更深的是一年夏天，我们这群小伙伴正在厂里的澡堂洗澡，一个小伙伴的父亲用厂里的牛皮纸裹着一大堆雪糕，直接送到了热气腾腾的澡堂里！这下可热闹了！跟油锅里溅进了水差不多，这雪糕一投进澡堂，就让这群光屁股孩子炸了锅，一通疯抢之后，有泡在大澡池子里吃的，有骑坐在池边水泥台上吃的。大家顾不得凉，狼吞虎咽，以便吃完这根再抢下一根……

到了 20 世纪 90 年代后期，凭借网络热词，老济南品牌"群康"顺势在雪糕界推出了一款怀旧产品——"爽"。它确实有童年老济南冰棍儿的味道，虽然价格已是从前的十倍，但相比其他贵几十倍甚至几百倍的雪糕，它还是凭借便宜的价格、清爽的口感，又成为招牌产品，风靡一时。但最终，仅靠贩卖情怀依然没能存活下来，"爽"还是死了。跟我们的童年一样，都化成了水，不，是记忆，是一代人的记忆。

雪糕保温瓶

手绘瓷盘　2017 年　13.3 cm×13.3 cm

公共电话

　　20 世纪 70 年代，济南市的公共电话还很少，西门东流水街上有一台。只有这台还在我的童年记忆里。

　　那时在姥姥家北边有个李家大院，里面住了三四十户人家，大门处两个红砖门垛朝东，正冲着护城河，进了大门便是一处大下坡，坡下迎面是一处带琉璃瓦的大殿。里面早已改造成了一个摊煎饼的大车间，吸引我们小孩子的是散发出来的甜香味。常有拉满煎饼的地排车要爬这个坡，我们遇到都会在后面帮着推一把。绕过这个大车间，后面是一方大泉池。

　　车间的西面有一间小电话房，门口褐色的木电线杆上钉着一块铁皮的"公共电话"标牌。常有电话来找人，看电话的人便把听筒撂在桌上，去那家喊人来接。大人打电话时，孩子就踮起脚，小手指把着桌沿，仰脸刚刚可以看到那个神奇的东西。但见大人手指伸进带孔的转盘，"嗞——"拨过来，手指一松，转盘自个儿就"哒、哒、哒"地又转了回去；再拨，再松手，转盘又"哒、哒、哒"地自个儿转回去了……就这样一遍遍来回响着，或长或短，像个玩具。

如今科技发达的水平让你不敢想象，联系方式有很多，再也不似从前。好吧，既然如此，不妨想象得再大胆些，看能否拨通儿时的那部转盘电话。

"嘟……嘟……"

"喂！喂！你好！总机吗？请接……请接到从前……"

老式拨盘电话

手绘瓷盘　2017 年　13.3 cm×13.3 cm

排球女将

  20 世纪 80 年代初，姥姥家买了台山东电视机厂出产的泰山牌 12 英寸黑白电视。深赭色的木纹，绿色的塑料饰板上嵌着红色的"泰山"二字。下面有个最重要的调台拨盘，"叭、叭、叭"，可以顺时针按数字序列号转动调台，外圈还可以进行微调。电视机后的天线朝向、长度都可以调节，有时手要扶着天线才行，否则就满屏"雪花"。舅舅有时干脆挂上一小条猪肉，实在不行就拍打两下。暑假我们就爱天天围着它转，一早就打开，直到那个圆形的电视信号测试图消失。看电视就像嗑瓜子，一旦开始就停不下来。

  1978 年，日本开始拍摄根据石森章太郎的一部漫画改编的电视剧，名为《燃烧吧！扣球》或《青春的火焰》，讲述了一群日本女中学生为了参加奥运会排球比赛刻苦训练、顽强拼搏的故事。这部日本电视连续剧于 1982 年引入我国，中文名为《排球女将》，每周

泰山牌黑白电视机

手绘瓷盘　2017 年　13.3 cm×13.3 cm

末播放两集。

　　排球女将的精湛球技与充满人性的友情故事打动了当年无数中国观众的心，剧中的女主角小鹿纯子算是我崇拜的第一个"女神"吧。七舅年轻时就爱惹乎孩子玩，每次《排球女将》一开播，他就冲着我喊："小鹿纯子来了！小鹿纯子来了！"弄得我都不好意思守着电视看。姥姥常说"演戏的是疯子，看戏的是傻子"，那时我就心甘情愿成了"小傻子"，那时叫"影迷"，现在称"粉丝"。剧中日本女排有着一系列空中进攻或防守的高难动作，什么"晴空霹雳""流星赶月""幻影游动"等无敌的招式，现在看来也就是"五毛特效"，却让我们这些观众大开眼界，目不暇接。

因为剧本改编自漫画，所以播放形式也很独特，画面常会定格。例如，每次女排姑娘完成制胜招数落地后，镜头再转到一双得意神秘又酷酷的眼睛，然后一个男解说员会用画外音把这一招式的名称或主人公的心理活动描述出来。这种之前从没见过的电视剧制作形式，直接就"秒杀"了中国观众，以致回到现实看女子排球世锦赛，都常为中国女排捏一把汗，担心日本队会使出那些剧中的必杀技。

几十年后，我从央视的一档采访栏目中才知道小鹿纯子的真实名字叫荒木由美子，依旧是隔着电视屏幕，也依旧是那充满希望的招牌式微笑，可她一笑起来就又把我带回到了儿时。

露天电影

小时候我家住造纸厂时，周边有两个地方会时常放露天电影，一是造纸齿轮厂，二是黄台铁路道口。每逢有放露天电影的消息，我和小伙伴就像过节似的，奔走相告。急匆匆吃完晚饭，跟着大人或约上小伙伴，挎上小板凳，从宿舍出来向东走一二百米，再向东南下到麦地，沿着地埂走四五百米，就到造纸齿轮厂大院里的露天电影场了。天还没有黑下来，但电影幕布前已经摆放了不少用来占座的石块、砖头、板凳和椅子，很多人都是一个人占全家的位子。小孩子们在场地上欢呼雀跃，追逐打闹，还有人大声招呼着亲戚和朋友。

当天色完全黑下来，放映员开始调试放映机，一道强烈的光束投射到银幕上，许多人就把手伸进那束光里做着各种手势。当自己的影子被放大到幕布上，就兴奋地用手指比画出各种动物形状，那一刻仿佛成了万众瞩目的主角。电影终于开始了，场下顿时安静下来，也没人再敢挡住那束光，不然会招来一片咒骂。有时候，当人们正沉浸在影片情节中时会突然断片，立马会响起口哨声、嘘声和鼓倒掌声，催促放映员抓紧换下一轮带子；有时候，在电影放映期间，扩音器里突然传出找人的声音，也会让人特别扫兴。

在电影银幕上还没有出现"再见"时，观影的人们已经开始争相撤离了，因为等到散场，更会人挤人、凳碰凳，大家相互招呼家人或朋友，你喊我叫乱成一团。在深夜里，我们跟在手电筒光后面，沿着田埂，头顶小凳，与小伙伴们交流着观后感，恋恋不舍地往家走，一路不时回头看看越来越小的银幕。远远望去，星星点点的手电筒光如稻田里的萤火虫……

80年代初的一天晚上，我这个三年级的小学生照常随着大人们向南走了大约两公里路，去黄台铁路道口（后来那里建了黄台电影院）看露天电影。这场电影类型与以往都不同，有些恐怖，还有些搞笑。这部1979年筹备、1983年公映的《精变》是国内首部"神鬼片"，改编于蒲松龄《聊斋志异》中的《小翠》。影片开头表现的是在一个电闪雷鸣、风雨交加的夜晚，一位赶考书生救了一只被猎人追赶的落难狐狸，而后大幕布上才出现两个硕大的书法字——"精变"。加之现场的夜风刮得幕布忽鼓忽瘪，真有现在的3D效果，吓得我一直躲在母亲怀里，只敢捂着眼在指缝中偷偷看。

影片中傻公子元丰的扮演者是一位初上银幕的年轻人，叫徐少华，他后来又饰演了中国重播率最高的电视剧——1986年版《西游

连环画《小翠》

水彩画　2017 年　30 cm×20 cm

记》中的唐僧一角，从而使他家喻户晓；而影片中那个美丽善良、知恩图报、敢作敢当的狐狸精也被大众所喜爱，扮演者魏慧丽后来也同样出现在 1986 年版《西游记》中，扮演的是高老庄中的高翠兰小姐。正因为"唐僧"徐少华在《精变》中扮演的元丰娶了魏慧丽扮演的狐仙，所以有了"唐僧娶了猪八戒的媳妇"这样的梗。

　　直到前几年我才知道，当年这部影片的一部分剧组成员就来自济南，取景地除了苏州、曲阜，还有济南动物园。影片中有一段元丰与小翠拜堂成亲的镜头，新娘被掀开红盖头时，她出人意料的美貌让参加婚礼的众人目瞪口呆。在这组特写镜头中有两个四五岁的小姑娘，一个变成了斗鸡眼，一个张着脱了门牙的嘴……让我瞠目的是，那个张大嘴巴的小姑娘后来成了我的大学同学，"猪八戒的媳妇"竟成了我大学老师的嫂子。

故事里外

一

"从前啊……"

"在很久很久以前啊……"

小时候母亲给我和姐姐讲故事，每每都要这么开头。"从前"是哪年哪月？"很久"又是久到哪朝哪代？从来也没个交代。国外多是国王与王后或王子与公主的故事，国内的多半是坏学生戏弄先生的故事。我们听得津津有味，每等她讲完一个，常常还要缠着让她再讲一个，但母亲已经困得睁不开眼，于是闭着眼嘟囔，开始胡编或者重复了。可我们还精神着呢，听上一会儿就要提醒她："这些刚才讲过了！"长大后，我也成了糊涂先生，常常在给学生讲课时因津津乐道某一细枝末节而偏离主题，等"刹车"再回来，又忘记刚才讲到哪里了，只得问讲台下的学生："我刚才讲到哪儿了？"

等我们渐渐认识了字，就自己看小画书了。受小画书的影响，我常常觉得自己是故事里的主人公，是国王，是王子……总之，是主角。故事里的事亦真亦假，可笑好玩，于是我带着这童话般的美好走进生活。结果呢？鼻青脸肿。过了三十，发觉现实中的事，即使是好事也不会是你预想得那般美好，坏事也不会是你辗转反侧预测得那般糟糕，没有高潮迭起，恐怕这也是我自己的性格使然；过了四十，回顾现实中的自己，不仅不是"角"，甚至连"葱"也算不上，但一定是"韭菜"！但当现实生活戳破童话的彩色泡沫之后，才明白童话和生活的差别，清晰地看到真实的生活。那我要不要让孩子继续相信美化的童话呢？

某年的圣诞节，我的小孩开始缠着我问："真有圣诞老人吗？真是圣诞老人给我袜子里装的礼物吗？"那一刻我便知道他长大了。圣诞节前夜，无论在西方还是东方的家庭，都会期待一位红衣服、白胡子的神秘老人。他驾着驯鹿雪橇，为千家万户的孩子送去一个"真实"的梦……哪个家长会忍心剧透呢？我们一直保守着这个秘密，直到孩子长大自己去发现答案。

童话和游戏，都是孩子特定年龄段的语言体系，是他们安全探索这个世界、认识世界的途径。英俊的王子、美丽的公主、邪恶的巫婆、美好的爱情、贪婪的人性……看似天马行空的故事情节，却让孩子产生对美与丑、善与恶、对与错的初步感受和认知，也潜移默化地向孩子诠释爱与善良的意义。

二

　　母亲自小热爱美术，虽没有得到过正规的指导和培训，但一直刻苦自学，坚持绘画。她从工厂车间画到工会，又画到小学，成为一名美术教师。我看的小人书都是经过母亲筛选的。过去，济南市的新华书店位于泉城路路南，百货大楼东邻，门面朝北，正对着芙蓉街南口，后来很长一段时间改名为"济南音像书店"。我家住在黄台工业区，姥姥家住在泉城路的西门，和新华书店只有一站地。每逢周末，母亲回市里娘家，回来时总会带给我们惊喜——她包里不是有好吃的，就是有一本崭新的小人书，这情景就像 1984 年 7 月那期《儿童文学》的封面画——《妈妈的口袋》。

1984 年 7 月《儿童文学》

水彩画　2017 年　28 cm×30 cm

有时我也跟着母亲去新华书店，记得那是栋两层的小楼，上面嵌着红色五角星。记不得一层有卖什么的了，我们好像也不在一层停留，直接走到最里面，那里有个通往二层的刷着红色油漆的木楼梯。我跟在大人屁股后面，"咚咚咚"地爬上二层，迎面是一排玻璃面的木架柜台，柜台和后面的货架里摆放着新出版的小人书。柜台很高，小孩根本够不到台面，只能趴在侧面玻璃上看小人书的封面，看好了，再让营业员拿到柜面上看。常常是顾客很多，营业员忙不过来，我就跟别的顾客一起翻看。若翻看时间长了，营业员也会不高兴，毕竟当时在街边的小人书摊翻看是要按本收费的。我字也认不全，只能通过选择封面给母亲比画着要哪一本，可母亲偏有她的选择，我们常有分歧，但争执的不悦很快就被买到的新书冲得无影无踪。

我常常在回家路上就迫不及待地翻看起来，全然不顾公交车的摇晃与光线的昏暗，看得入迷时，既不看路也不关注站点，全凭母亲不断提醒。往往回到家时，一本小人书已经看完了。我仔仔细细地把它收好，期盼着下一个周末早些到来。

20 世纪 80 年代，中国的连环画发展迎来了繁荣期。以 1982 年为例，全年出版连环画作品两千余种，单本印量十万册，是 1960 年印量的二十倍。许多优秀的画家，如刘继卣、贺友直、程十发等都投身于连环画的艺术创作中，于是诞生了很多脍炙人口的连环画作品。体裁也更为广泛，像《小红帽》《拇指姑娘》等外国童话作品层出不穷。开本规格多样，除了传统的 64 开尺寸外，又出现了像 20 开、40 开这样的大开本连环画，如《三毛流浪记》《渔夫与金鱼的故事》，

连环画《我们的故事》

水彩画　2018 年　38 cm×15 cm

连环画《白毛女》

水彩画　2018 年　38 cm×20 cm

以及 128 开那样小开本的小小连环画和折叠连环画等。相比于传统的连环画，这些形式多样、印刷更加精美的连环画，给读者带来更强烈视觉冲击的同时，价格自然也上涨不少。像《三毛迎解放》、一套十册的《铁道游击队》，在母亲给我买的小人书中算比较贵的。由一千多幅国画白描作品组成的《铁道游击队》，由两位画家联手创作，是其"花费精力最多、创作时间最长的作品"，也是我小学时在少年宫学习白描，临摹最多的范画作品。

小人书中也有"黄金屋"。儿时看过《点金术》后，但见书中天地皆是那金灿灿的黄金，估算财富价值远超《神笔马良》笔下的"摇钱树"。当时那本小人书，确实给我带来了"思考"，有很长一段时间我都在想着如何破解书中既会点金术，又不会像书里皇帝那般被活活饿死的难题，避免出现钱没花完人没了的遗憾。长大后我才知道这本《点金术》的故事是改编自美国文学巨匠霍桑的一篇作品。故事是要告诉我们，金子不能替代一滴水、一粒米，更不可能替代感情，贪婪会让你丧失一切，甚至生命。岂料当年"小财迷"的我却把书念歪了，当作一道脑筋急转弯题了。

小人书也同样会让人感动。查理·卓别林是给人们带来无数欢笑的国际喜剧大师，没想到卓别林的童年竟然这么悲惨。在这深夜重读《卓别林的童年》，我还是会潸然泪下，一如四十年前初读它的那个孩子。原来初心仍在，岁月无恙，物是人是。

它的残破、折痕、油渍、签名、涂鸦……都透露出旧模样。我喜欢这旧模样，也享受用画笔描摹这岁月拂过的痕迹。清人张潮在

连环画《渔夫和金鱼的故事》

手绘瓷盘　2017 年　13.3 cm×13.3 cm

连环画《猪八戒吃西瓜》

手绘瓷盘　2017 年　13.3 cm×13.3 cm

他所著的《幽梦影》中把读书分为三个阶段："少年读书如隙中窥月，中年读书如庭中望月，老年读书如台上玩月。"深以为然，即使同一本书在不同的人生阶段读起来，感受也会大相径庭。

故事里面的种种美好是孩子的精神糖果，在它们的滋润下成长起来的我，如今已近知天命之年，借自己的生活经历和教训，重新翻看儿时看过的书，才知道自己那时忽略了什么，一辈辈人口耳相传的故事又教育了我们什么。

母亲依旧在讲那故事。嗯，是的，母亲又继续在给她孙子讲童话故事。

"从前啊……"

"在很久很久以前啊……"

直到孙子也开始提醒她："奶奶，这些讲过了……"

岁月永远年轻，我们慢慢老去，总有一天你会发现，童心未泯是一件特别美好的事情，值得画一画、聊一聊。

连环画《三毛流浪记》

手绘瓷盘　2017 年　13.3 cm×13.3 cm

连环画《日出之前》

手绘瓷盘　2017 年　13.3 cm×13.3 cm

怕什么

儿子睡觉爱蒙头，孩他妈说了很多次也改不掉，但我能理解，因为我小时候也这样。为什么呢？因为害怕。害怕什么呢？这个问题我也同样问过儿子。他说："害怕鬼！"我问："在哪里见到的鬼？"他说："在电视里，还有漫画书里。"

连环画《咕咚》

水彩画 2017年 38 cm×20 cm

我们小时候同样怕鬼，在没有电视时，它来自大人讲的故事里，在我们不听话时大人常拿鬼出来吓唬我们。所以睡觉要蒙着头才会觉得安全些，甚至还要在被窝里悄悄换个朝向。我是这么想的：鬼也好，狼也罢，要抓我起

连环画《不怕鬼的故事》

手绘瓷盘　2017 年　13.3 cm×13.3 cm

码第一下抓不到我的脑袋，会使我有反应的时间。

1979 年，由画家叶毓中先生编绘、人民美术出版社出版的《不怕鬼的故事》讲述的是古代人不怕鬼，甚至戏弄鬼的故事，在轻松诙谐的情节中，我们小读者一点儿也不会感到害怕，但也没有使我的胆子变大。同年，四川少年儿童出版社出版的低幼读物《咕咚》，通过故事告诉小朋友们，遇到问题不要慌，不要盲从，要像故事中的青蛙一样，把事情问清楚、弄明白，然后再行动。

原以为闭上眼看不见会好，其实越看不见越怕，因为每个人怕的东西不一样，要想怕到自己心里，唯有自己设计和想象才能把恐惧填满。想来这道理如同"情人眼里出西施"一样。俗话说"耳听为虚，眼见为实"，可在今天网络信息传播快捷、影响甚大的今天，眼见都未必是实。因此，重读《咕咚》就更有意义了。

十三岁的单车

一

1986 年的夏天，我们这群造纸厂的孩子终于从厂里的子弟小学毕业了，都要去几公里外的地方上初中，于是那年暑假，家属院里很多同学都在学习骑自行车。父亲给我的是一辆旧自行车，既丑又沉，还不伦不类，现在想来它应该是辆杂牌的 27 英寸自行车，因为它比 26 英寸的车大，又比 28 英寸的"大金鹿"小，我一点也不喜欢。学骑车先要学溜车，以便掌握平衡。双手握着车把，左脚踏在左脚镫上面，右脚用力在地上一蹬，然后迅速收脚，让右脚面贴住左脚跟，同时整个身子向右倾斜贴在自行车上滑行，在行进中调车把找平衡，待平稳滑行时再抬腿跨上座位，双脚踏脚镫，再找平衡……掌握平衡是学车中最难的，可我学会溜车后，迟迟不敢跨上座位，即使有几个小伙伴在一旁为我加油，我也不敢跨，总怕摔倒。于是很长时间都在大院里一趟趟来回溜，还学会了"穿裆骑"，就是右脚从大梁下面穿过骑行。直到快开学了，别的同学都学会了，我才学会并骑上了人生的第一辆单车。

这所初中在工业区与农业区交汇的城乡接合部，所以从华山脚下向南到黄台电厂，向北到黄河边，遍地是同学。有了自行车的少年，仿佛长了翅膀，周末常常骑车去同学家的村子里玩，去华山下的池塘里踩河蚌，去芦苇荡里摸鸟窝，去黄河边玩泥巴……而农村的同学来找我一般就是为了去厂里的澡堂洗澡，那时附近只有工厂内部有澡堂，还不对外。

28英寸的大飞轮，中间加上一根钢梁，人们习惯地将这种自行车称为"二八大杠"。这种"二八大杠"永远只有右边的前刹车把手，距离羊角车把约20厘米，只有撒开车把手才可以够得到。坐在吊簧的鞍座上，大多数初中生的身高够不到脚镫子，骑起来要扭屁股才能踏实脚镫。当然想踏实脚镫还有另一种方法，就是不坐车座，而是站直身子骑，累了就用半个屁股坐在车梁上，让车靠惯性溜一会，车速慢了再站直身子猛蹬一会儿。也有可以坐实车座的骑法，就是双脚并不随着脚镫子一起走，脚悬着，等脚镫子靠惯性转到高点时再踏

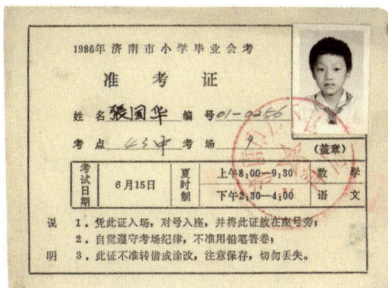

小学毕业会考准考证

下去。骑"二八大杠"，特别是对于女生来说，便没有骑24英寸蝴蝶牌坤车来得优雅了。

终于绕到女生这个话题了。初中生对异性已经有了别样的感觉，那些"花儿"的颜值在异性那里也是有分值的。假若一所小学的校花，升到汇聚了几十个小学生源的初中，颜值排名多会落后，当然也不排除依然是上游水平。上天很公平地在每个班里都"设置"了一个班花，而每个班的男生又都不约而同地觉得人家的班花漂亮，于是许多人都在明里暗里追求这些"花儿"，带来的后果就是——头破血流。在上学或放学时，校门口或道路上常常有人打架，一半是外面的人来学校堵人的，另一半是自己学校里的同学打，所以常常上演自行车马路追逐戏，双方都全速在车流中你逃我追，钻来钻去，比玩电子游戏残酷多了。当两自行车并行时，就会一手掌握方向，另一手一脚与对方打作一团，如被超过时就会用自行车前轮去别对方自行车，使对方降下车速，以上这些都需要精湛的车技和拳脚。当然能在滚滚车流中逃掉或没发生道路事故就算运气好的，不然一顿打是脱不掉的。吃了亏的，也不会善罢甘休，再约人去找补回来，所以一场架就会导致多场架，板砖棍棒齐飞，起因七拐八拐，多数还是为了异性。

对女生死缠烂打的男生没有一个是循规蹈矩的学生，因为其他学生也不敢违反校规主动去追求女生。架打得多了，就有了名气，自然追随者也多，无论在校内还是校外，这些学生都不能招惹。让老师都头疼的问题学生，往往不服老师管教，却很听女朋友的话，到头来能降住他们的就是那些搂着他们腰坐在自行车后座的"花儿"。

二

那些来自农村的同学们远比来自工厂的同学们心齐，一个村庄的同学大多沾亲带故，甚至同龄不同辈，打起架来就会一拥而上，所以不会吃亏。石门村就在我们厂子后面，只有一站的距离，我有几个同班要好的同学都是那村的，虽然这个村上的同学不少，但他们从不惹事和欺负别人，上学放学我们常一起骑车走，周末我也常去石门村找他们玩。我的好朋友小德，人善良，脾气也好，在家排行老小，上面还有三个姐姐，他三姐也在我们初中上学，比我们高一届。小德家是庄里一座坐东朝西的三合院，父母和三个姐姐都住在东屋的几间房里，院子西面是小强家的饭店后墙，西南角是厕所，西北角是大门，小德就住在大门旁边的一间西屋里。除了一个单人床、一张课桌，屋里其他地方都堆满了粮食和农具，偶尔还会有老鼠在粮食堆中窜上窜下。我周末往往先去他家里找他，再一起商量去哪儿玩。

小强家的饭店就开在村口的一条大路边，那条南北大路直通黄河公路大桥，是进出济南的必经之路，生意还不错。家里不开伙时他就去饭店吃，平时上学午餐带的饭菜也好，所以吃得胖嘟嘟的，整日笑呵呵的，很有人缘。小强对汽车情有独钟，骑车路上常常对身边驶过的汽车品牌如数家珍。终于在上初二时，他淘到一个老北京212吉普车的方向盘，如获至宝，就去汽车修理厂拆掉自行车原来的车把，将汽车方向盘牢牢地焊在车架上，就这样，一辆具有"后现代主义风格"的自行车诞生了。此后，在他骑行的路上，回头率那叫一个高，很多同学还为此跟他换车骑。虽然够拉风，但也会招险，因为他在拆掉车把的同时，把前后车闸也一起拆去了，要减速只能垂下腿来用鞋底刹车……再好的创意没了安全性能也不实用，现实让他很快就放弃了那辆拉风的自行车。

三

到了夏天，工业区和周边乡村的同学都有各自不同的游泳场所。

前者会去学校南面的黄台火力发电厂，那里有几个高耸的圆柱形大烟囱，最小的也有几十米的直径，这种大烟囱叫双曲线冷却塔。其工作原理是这样的：在火力发电厂中，水经加热后，产生高压气体推动汽轮机发电。当做功后的水温太高，对应的饱和蒸汽压力也会比较高，真空度就会下降，进而机组的蒸汽耗量就会加大，能耗增加，所以汽轮机做功后的水要冷却后再加热利用，这样就需要冷却塔降温。经过布水器将水均匀地散开落下来，巨大的冷却塔将空气从下面抽上去，在空气和水滴接触的过程中将热量带走，从而起到冷却水的作用。在冷却塔底部的大水池里，是四季都带有余温的蒸汽冷凝水，常有人来游泳，还有人利用它养殖罗非鱼。

父亲的三枪牌自行车

手绘瓷盘　2017 年　13.3 cm×13.3 cm

　　乡村同学们的天然游泳池就多了，华山脚下的池塘、水库，还有黄河。俗话说，跳进黄河洗不清，可我们更多是为了玩水，过后还要回家再冲洗。我不会游泳，就是跟着大伙儿图个热闹，也不会去深水区，都在不没过肩膀的水域玩。比如捕河蚌，就需要两人以上配合：伙伴们下到水中，当脚踩到河蚌时，急忙招呼同伴，并告诉对方哪只脚踏上了，于是同伴憋住一口气潜入水中，顺着他那只腿摸下去，直摸到脚丫子下，掏出那脚底下的大河蚌，再钻出水面，高举着把河蚌扔到河岸上，然后再赶往另一个也踩到河蚌的同伴身边。有时几人同时踩到或者等不及小伙伴来，就会自己潜下水去摸，但往往脚丫子稍一松，那河蚌就逃掉了。每只河蚌都有二三十厘米长，伙伴们平均一分，回家第一件事不是等待"河蚌姑娘"出来给自己洗衣做饭，而是砸开河蚌找珍珠，翻找结果一样是没影的事。因为它有很重的土腥味，所以并不会用来炒菜，而是剁吧剁吧喂了家里养的鸡和鸭。

我渐渐喜欢上我那辆自行车了，虽然沉重但皮实，虽然颜值低但质量可靠，摔了碰了也不心疼。自从有了它，我的活动范围大大增加了，骑了一年后我甚至可以大撒把了。

骑车去黄河公路大桥只有四公里，在大桥下面，黄河岸边有广阔的滩涂，我们也不止一次去那里玩了，自以为很了解它的危险所在。例如，在岸边河滩找一块看上去还比较平整坚实的地，然后在上面不停地跳，慢慢地，周围就会出现大量裂缝，深层的水逐渐涌上表层，并产生一定的浮力，也使地面越来越有弹性，原本固态的河滩开始呈现液体状态，像一块面团。双脚开始陷进去，越挣扎越下沉，此时的河滩已经像沼泽，当它没过小腿时，因进入不了空气，人就很难再发力并抽出腿来。这种"沙土液化"的现象，就是大自然设计出来的沙土陷阱，看着好玩，但不要轻易去尝试，是比较危险的。还有就是黄河的河床像大陆架，蹚水下去脚下会感觉是一个很平坦的缓坡，有时进入河床几十米还没没过大腿，这也是黄河的另一可怕之处。掺杂着大量黄沙的黄河水浑浊得让人根本看不到河床的变化，只有用脚一步步去试探，有时往里走了十几米，河水才没过小腿，可脚下再往前迈出一步，河床会突然出现断层，一下子没过了人的头顶，这些都是我的亲身经历。

有一年暑假，我与小德、小强等几个同学相约骑车去黄河边游泳，我还带上家里一个粗大的货车内胎作为游泳圈。那天，我们几人就在一处流速缓慢、河床平坦的黄河里玩逮人的游戏，水深大概不及小腿，其间我坐进了那个大轮胎游泳圈，开始还用双臂和双脚在水里摆动调整方向，渐渐地发现游泳圈不听使唤，顺着水流向下游漂去，只一会儿工夫就距离伙伴们很远了，可是他们并没有发现我已漂远。看着他们的身影越来越小，我开始慌了，不知如何才能上岸。看着距离最近的岸边也就二十多米的样子，我猜测下面最深也不过可以踩到底吧。于是做出了一个错误的决定，将架在游泳圈两侧的手臂收回，深吸一口气，将整个身子从游泳圈中间的孔中钻了下去，努力伸直双臂和双腿增加高度，想看看是否可以踩到河底。当我的脑袋没入河中，世界一下就静默了，而伸下去的脚趾并没有触到任何硬物，反而有一股寒意顿时传遍全身……那一刻，我真真切切地感受到了死亡！我的大脑一片空白，求生的本能使我努力挥动双臂，我一下就勾住了水面的游泳圈，原来我以为的水下漫长的一分钟实际不到一秒钟，游泳圈根本没来得及漂走。我双手死命地抱着游泳圈不敢再有动作，直到快漂到黄河大桥底下时，远处的伙伴们才发现了问题，沿着河岸向我跑来，并召唤岸边游泳的两个大人把我拉上岸。

这也是我终生难忘的一次与死亡擦肩而过的经历。

学生胸牌

四

这所中学按照学习成绩把班级分出"快班"和"慢班",我们这一级有两个"快班",四个"慢班"。被分在"慢班"的同学干脆自暴自弃了,我所在的班在三年里换了四个班主任,虽然她们人都很好,可还是降不住我们这群调皮捣蛋的学生。学习的风气只在那两个"快班"盛行,其余的班级只要不出乱子,糊弄着毕业就烧高香了,至于将来去哪,我们也没有任何规划和打算,只要不学习做什么都行。每天的晚自习,我们早早就收拾好书包等待着放学铃声,然后百米冲刺般跑出教室,奔向自行车车棚,恨不得第一个逃离学校。但事与愿违,阻止你的往往不是老师,是自行车。

一长溜的自行车车棚位于学校的南面,停放着密密麻麻、形形色色的几百辆自行车。这些自行车也常常成了学生恶搞和发泄的对象。当时的自行车车铃有两种,一种是卧式单摇铃的,按一下发出"叮当"的响声,另一种是立式转铃,一按铃钮,铃铛旋转并发出连续的"叮铃铃"的清脆的声音。车铃上最容易被拧下的是电镀铃铛皮,没了它,再好的车铃也按不出声。学校里有偷别人铃铛皮的歪风,至今我都不知道铃铛皮还能做什么用,可就是有学生专干这损人不利己的事。还有的把别人的车子藏起来,或拔气门芯给车胎放气,甚至更狠的直接扎了你的车胎,这大多是认识你车子的同学干的。有一次我的自行车竟被挂在了车棚的梁上,像一个被实施绞刑的犯人。这种恶作剧，往往也容易形成恶性循环，你撒我的车胎气，我扎你的车胎；我的铃铛皮没了，我再卸别人的铃铛皮……上课时也总担心自己的车子又被人下了"毒手"。

　　三十多年后，自行车都变成了大家共享的，想骑直接扫码，停在哪儿也不再担心。那所初中早已并入了其他学校，周边的村庄已不复存在，昔日的那些工厂都开发成了楼盘；石门村也同样没了踪迹，取而代之的是高楼林立，只将原址的一条道路命名为"石门路"；小德姐姐的孩子上小学时还跟我学过画画，现在都成家有孩子了；小强也成了单位的专职司机，开着一辆小轿车潇洒地行驶在路上……

旧时光

The OLD TIME

蜂窝煤

　　记忆中过去的冬天总是特别冷，小学放学回家两只脚常常已经冻得不听使唤，于是父亲就像给小孩子把尿一样抱起我，放到炉火上烤一会儿，两只脚才慢慢恢复知觉。一想到放学就可以回家烤火，最后一节课便更难忍受寒冷了。

　　我与父亲缘分浅，从我落地到父亲离世，我们在一起仅十七年。父亲病逝后，刚上高中的我成了家里唯一的男子汉。每到冬季来临前，母亲从厂里借来地排车，我们一家三口便拉上车去黄台的煤炭店排着长队等待拉煤。传送带上蜂窝煤源源不断地涌到跟前时，母亲、姐姐和我便手忙脚乱地将其摞满地排车。瘦小的我双臂撑着车把悬在空中仍翘不起那车煤，于是娘仨一起压下车把，再往车头匀一些煤，然后我套上背带努力地压着车把，绷直的身子与地面呈 45° 在前面埋头拉，母亲和姐姐在后面推。每次经过途中的前进桥时，少年的我总是要与母亲争执一番，依我的脾气是一气儿弄到桥上再歇，母亲总是让歇一歇再上桥。到桥上后还要再重新往车尾匀一下煤，增加车尾重量，拖着车下坡可以减少惯性。下桥并不轻松，主要是把控方向，一边双脚被车推着呼呼向前跑，一边双手把着车把，身子努力向后仰。母亲和姐姐则在后面使劲拽着车，我们娘仨就这样一溜小跑着冲下桥……回到家把蜂窝煤一一卸下，搬进小厨房摞好，打扫完车子去厂里还上，母亲再做饭，一家人累得已经连饭也不想吃了。

　　过去，每年入冬前都要这么折腾一次。

蜂窝煤炉子

手绘瓷盘　2017 年　13.3 cm×13.3 cm

画月票

搁下笔我想了下，上一次画月票还是在1990年。

月票是指每个月一次性给公交公司缴纳的乘车费用证明，卡上有乘车人照片和当月缴费凭证条，适合每天乘公交上班或上学的人群。对学生群发售的是三个月一张的季票，但都统称为"月票"。我高中时上的是一所美术专业的职业高中，离家很远，要换乘三次公交，需要四五十分钟才能到学校，所以也叫"坐月票"。每季度末，人们都要去经四小纬五路附近唯一的月票售票窗口办理，排着长长的队伍，争抢着往巴掌大的窗口里塞钱，每次都跟打仗似的。

月票既然有它的价值，自然就会有人打它的主意，例如假月票。如何假？大体有这么几种。

真月票真照片，但使用人是假的，或是月票过期了。

真月票假照片，也多为熟人或家人相借，用使用人的照片替换原照片。在月票夹里叠压是替换方式里最简单省事的，稍复杂点的是揭下原照片贴上使用人的。这两种方式都要在照片上描画一部分盖在月票卡与原照片上的印章。

真月票假凭条，这算假月票中技术难度最大的，跟登山者选择珠穆朗玛峰北坡登顶一样。作为一名美术生，身边同学涂改月票的就比较常见，虽然专业上各有绝活，但都有股初生牛犊不怕虎、明知山有虎偏向虎山行的劲儿。这股"聪明"劲儿只愿意用在喜欢干的事情上，偏偏文化课不在我们喜欢的范围。

以上这些假月票都需要售票员有一双慧眼，在不到一秒的出示环节发现问题。

如果说以上几种月票还亦真亦假，真假参半，还停留在"物"

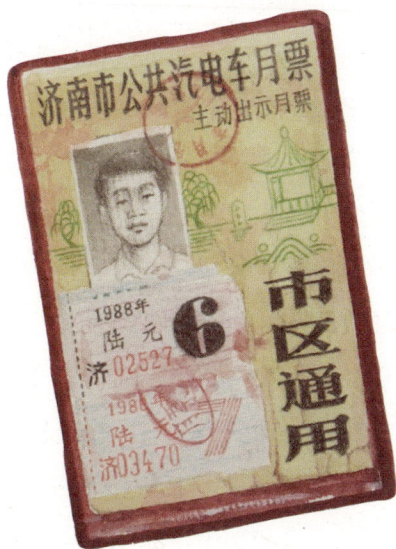

月票

水彩画　2019 年　20 cm×38 cm

的层面，那下面要介绍的这种"月票"就更高级了，这种境界是"手中无剑，心中有剑"的高手！上车后不会主动出示月票，要么喊"月票"，扮作真有月票但懒得拿或是不方便拿；要么说自己是"公司（公交公司）的"，也不会出示证件，售票员要继续追问"什么公司"，或许就是"自来水公司的"……达到这类境界的高手，往往脸不红心不跳，气定神闲是关键，就像大学里替同学答"到"一样，节奏、气口一定要拿捏准，语气里不能有迟疑，既要有自信心还要有勇气！

　　显然我们高中生还没历练到上面那个境界，只好苦练基本功，钻研"业务"。月票左下方有处粘贴每月或每季缴费凭证条的地方，所谓的"贴月票"就是缴费后粘贴这张小纸条，砸上编码再盖个红戳，作为缴费凭证。票面宽约两厘米、长六厘米，上面三分之二的面积印有年份、价格、月份或季度，它们的色彩每次都会更换，底纹还有细致的防伪图案。票面以下三分之一的部分是一小截票根，既可折到月票卡背后，也可沿两部分的虚线撕下作为报销凭证。要画这个票面，首先要找与它材质、克数相同的纸张。作为造纸厂的子弟，寻找这样的纸难度虽然不大，但是最理想的用纸就是它自己的票根，因为是同一张票面，连防伪的底纹图案都给印好了，也算是将计就计吧。终于有一次我错过了办理季票的时间，就自己给自己"办理"了。先找同学月票上不用的两个票根拼贴出一张票面，再用画工笔的"花枝俏"一笔笔描画出年月；票面上的编码，要表现出同机器砸上去一样力透纸背的效果，就需要改用彩色铅笔削尖了用力刻画上去；盖上去的椭圆形章，刻画不需太细致，方能显示出办理人员繁忙、盖章盖得不严谨。此番操作下来，果然能以假乱真。

后来我又给几个要好的同学照此"办理"，结果慕名前来的同学、同学的同学越来越多，我从一开始的炫技，到疲于应付，作品质量开始下滑，加上陆续传来"作品"被没收的坏消息，严重挫伤了我刚刚建立起来的将来从事艺术创作的自信心。可金盆洗手也不容易，一旦画了，就要按月画，不可能把上个月画的假月票再塞进窗口办理下个月的真月票，那同自首无异。大约又骑了个把月的自行车，待到一个季度结束，才又重新挤进办月票的队伍。

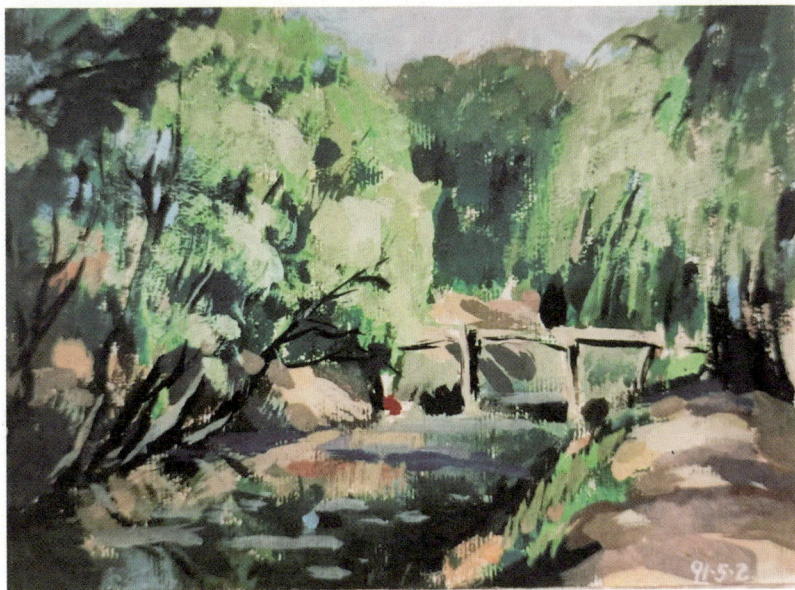

金牛公园北闸子（1991 年高中时期水粉写生）

大学食堂

20世纪90代初，我在鲁西南上师专，那时师范生每月有四十元左右的生活补助，学校用饭票形式发放。我是班级生活委员，主要工作就是按月领取并发放饭票。

每月照例总被同学们催问什么时候去领、什么时候发，即使在这消费很低的贫困地区，这些补助也不够坚持到月底。大部分同学来自菏泽各县区，家庭供上大学已属不易，生活费能自筹就不再给家里要，可是大家都口袋空空，报考师范生本身就是考虑可以减轻家庭负担。于是有些同学搭伙吃饭，几个人拿着馒头蹲在地上围着一份菜吃，都是少吃菜多吃馍。因为父亲去世早，母亲一人的工资拉扯我和姐，我也是能省就省，不到放假也尽量不回家，好省下路费，即使放假回济南也会去打工挣些花销。

食堂菜，号称"中国第九大菜系"，广泛地分布在全国各地。

"不见肉，少放油，清水煮"为其主要特点。我半辈子的体会就是没有最难吃，只有更难吃。但也不是难以下咽，窍门就是一定要专一！坚持吃下去，中间别断顿，更别去比较。五角到一元一份菜，一角钱一饭缸面汤，每日三餐约四元钱的伙食费，每月一百多点，但算上夜宵，再除去师范生补助，几百块钱完全可以撑一个学期。吃饱的感觉是一样的，填饱肚子别让它捣乱就好，这一标准使我毕业二十多年后依旧是大学时的腰围，连腰带扣眼都没变。

食堂是没有座位的，只有一张张大铁桌子，不想站着吃可以打饭回宿舍坐在床沿上吃。二十出头的年纪正长身体，胃口也大，一顿饭最多时可以吃五个馒头，一只手抓不过来，就学体育系的同学把馒头串筷子上，那叫一个神气！后来想就是那菜里缺油水的缘故，

大学时期的搪瓷饭缸

水彩画　2018 年　30 cm×20 cm

所以这么能吃还是觉得饿。

　　就如同廉价的商品，相匹配的服务也是一样。小窗里打菜的师傅从没笑脸，打到缸子里的菜是绝少有肉的，零星的肉都撒在了大盆菜表面上，师傅的勺子总能娴熟地在"不经意"地一舀里漏掉它们。看似邋遢油腻的食堂师傅也有细腻的一面，遇上面容姣好的女生，那勺菜便量多、质优，这就是"见人下勺"吧。

　　俗话说，"要想获取一个人的心，最好的方式就是先获取他的胃"，可如果降不住他的胃，恶心他的胃也会让他铭记在心。一次，我竟在饭缸的菜中发现一块"肉"！哪位业务不娴熟的师傅会这么不小心把肉掉进去？我如中奖般欢快地把它塞进嘴里，可就是嚼不烂，等终于呷摸明白了味儿才舍得吐出来，招呼室友们都来猜猜这是什么东西。大家细细端详那团"肉"，面面相觑，料谁也认不出，更想不到——竟然是个烟嘴！虽然那海绵过滤棒被我嚼得已面目全非。这算吃出的比较"奇葩"的东西，其他吃出的常见物就不一一列举了。

　　那时真像梦游一般，我在鲁西南上了两年专科后又考回省城继续读本科，再也没那么饿过。

　　这便是我的大学食堂，就是在那里，自然青春的荷尔蒙下诞生了我最大饭量的纪录。二十多年后的今天，即使我每天吃八片激素类药物，饭量再大也没超过那时。

方便的面

上篇谈到总也吃不饱的大学食堂，这篇就谈谈市场经济如何填补计划经济的大问题。

这样的食堂自然会有"市场"来补充，我甚至怀疑它们是串通好的，前者越难吃，后者生意越好。学校操场前面是一排简陋的"商业街"，是由薄薄的预制板围就的窝棚和几间铁皮屋组成的。在那里，饭票等同于货币。下了晚自习后，学生们蜂拥至此。前面小店灯火通明，顾客比肩继踵；后面操场黑灯瞎火，学生影影绰绰。一部分信奉"饭后百步走，活到九十九"养生信条的同学就会围着操场转，另一部分勾肩搭背的男女同学也会围着操场转。

同学们都在充饥。

饿啊。我欠腰进小饭馆找张小桌旁的马扎坐下，一条香烟包装盒的反面便是这饭馆的菜单，但见圆珠笔手写的菜品名也不多，最多的就是面条。面条以斤为单位，要么煮半斤要么下一斤。一碗肉丝面是两元钱（半斤）。小桌旁有个铁支架，煮好端过来的一锅面条蹾上，自己再盛碗里，哧溜哧溜地埋头吃面，再咂吧咂吧地仰脸喝汤，直到锅也底朝天，然后把碗一推，长长吐出一口气，发会儿呆。思考一下我是谁，从哪里来，怎么会到了这里，吃饱了又要去哪里。然后怅然若失般踱步回寝室，洗漱后爬上铺，冲着天花板与室友们海阔天空聊一通，然后一觉到天亮。

饿啊。我去商店买面包或买包面，一包方便面五角钱，内含一小袋以盐为主的调料包，也可以再添几角钱买包榨菜片或火腿肠，装进塑料袋，拎壶开水回宿舍，用饭缸泡上，耐着性子闷会儿，掀开缸子盖，倒上榨菜片，哧溜地埋头吃面、咂吧地仰脸喝汤，直到碗底朝天。吃那点克数的面不足以再用叠音词来形容，只够糊弄自己睡下。记得当年那方便面代言人是香港一女明星"肥肥"，可能是告诉我们这些穷学生，面的克数会跟它的代言人一样足斤足两吧！最后用塑料袋洗干净饭缸，洗漱后爬上铺，冲着天花板与室友们海阔天空聊一通，然后一觉到天亮。

在这寂静的拂晓，当我敲出"方便面"这仁字时，仿佛真的又嗅到了那曾一度熟悉的味道。

方便面一定要配火腿肠或是榨菜片，就像吃馒头一定要蘸麻汁酱或夹一块豆腐乳。如果问那时象牙塔里有什么美味的话，我想除了姑娘的香唇，大概就是上面提到的这些了。也正是因为有"除了"的那个因素，所以就不推荐小葱和大蒜了。

三鲜伊面

手绘瓷盘　2017 年　13.3 cm×13.3 cm

乌鸦与狐狸

　　"乌鸦与狐狸"的故事有两个版本，分别是人民美术出版社（以下简称"人美版"）的《乌鸦与狐狸》和少年儿童出版社（以下简称"少儿版"）的《乌鸦和狐狸》，均于1978年出版，时间相差不过四个月。

　　人美版的《乌鸦与狐狸》，加上封面图，刘继卣先生共创作作品21幅。刘继卣是杰出的中国画家、连环画艺术大师，创作题材非常全面，尤其以工笔人物画和写意走兽画的成就最为突出。

　　打眼封面，乌鸦、枝干和狐狸的外形轮廓就像"贴"在果绿色的封面上，感觉生硬不协调，显然是从原作上"抠图"所致，加上题目为黑色，使得整个封面暗淡、沉闷，可以说没有利用好刘继卣先生的这幅作品。不论是从书中内容看还是封面设计看，这果绿色的主色都与之缺少联系与呼应，让人不解。估计出版社也意识到了这个问题，所以此书在1979年第2次印刷时，封面图换成了另一个

人美版连环画《乌鸦与狐狸》

水彩画　2020 年　42 cm×29 cm

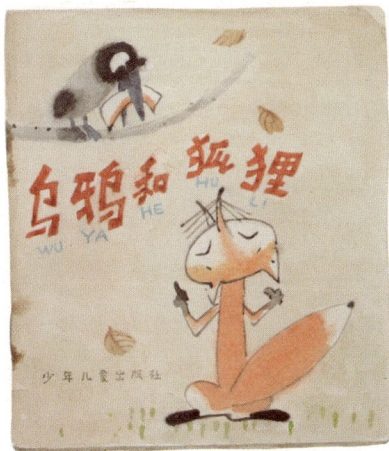

少儿版连环画《乌鸦和狐狸》

水彩画　2020 年　42 cm×29 cm

画家石呈虎先生创作的作品。画面基本构图没变，狐狸造型和用笔模仿了刘继卣先生的笔意，左上角乌鸦造型和树木有了变化，狐狸周围也有了虚化的树木，与环境浑然一体，和之前的封面图相比，算是一幅完整的作品；画面的留白成了封面的主要色调，题目也改为了淡黄色，使得封面画相比第一版整体提高了通透性。封面与内容不是同一人绘制，这在连环画创作中并不多见，况且还保留了原封面作品，这也是另一个让人不解的地方。有一点可以肯定，刘继卣先生原作应为中国画写意，从原封面就可以看出乌鸦、树叶、狐狸的笔墨色彩层次比书中作品丰富许多。或许限于印刷条件，书中20幅作品黑白反差较大，层次少，更像套了色的白描，特别是为表现白雪覆盖的枝干和大地的那些地方，无疑是更适合中国画留白的地方，却罩染了天空和大地的颜色，故判断这未必是画家初衷，或许是出版方为了弥补内页彩色印刷效果不足做出了调整。

1979年改版后的印数也直接比第1版翻了一番，达到100万册，价格也涨了三分钱。人美版的《乌鸦与狐狸》有20页，文字内容也比仅有12页的少儿版《乌鸦和狐狸》多不少，绘画风格趋成人化，文字更贴近原著。例如人美版前3页的文字："谁记得是哪一年？反正有这么个冬天，树林里下了场大雪，大地变成了白茫茫的一片。世界像是个无边的大海，森林成了冰冻的港湾，大树站着像一群桅杆，积雪的树枝如同张起了白帆。野兽们躲在洞里发愁，鸟雀也停止到这儿飞旋。"少儿版前2页的文字则是："路边的树上，停着一只乌鸦。这乌鸦，从哪儿衔来一块大肥肉。有一只狐狸，它已经一整天没吃到东西，肚子饿得发慌。"

少儿版《乌鸦和狐狸》是画家詹同所绘，他的祖父是国人熟知的铁路工程专家詹天佑。詹同又名詹同渲，是画家又是导演。曾任上海美术电影制片厂美术设计、导演。创作的美术片有《雕龙记》《画廊一夜》《金猴降妖》等，创作的儿童画册还有《猪八戒吃西瓜》《詹同儿童漫画选》《中国童话》等。

"詹同渲"这仨字中我当时只认识中间的那个，但他的作品辨识度很高，他的插画在20世纪七八十年代的儿童读物中有很多，一眼就能认出来。与刘继卣中国画半工半写的写实风格截然不同，詹同的绘画风格是以线条造型为主，简洁直率，用国画表现时还有些笔墨情趣，这种简洁单纯的风格更适合年幼的孩子阅读。这两家出版社的书虽然采用了不同的绘画风格与不同的文学意境，但相得益彰，读者定位明确。

人美版的《乌鸦与狐狸》我小时候没有看过，不知在它第20页结尾处有这样一段文字："这个故事讲到这儿可得停下，这是俄国克雷洛夫编的一段'笑话'；也许有谁认为那狐狸实在太狡猾，但要当心可别做那爱听恭维话的傻瓜！"

或许因漏读了这段告诫读者的话，我长大后做了很多次"傻瓜"。

保密局的枪声

《保密局的枪声》是 1979 年长春电影制片厂根据吕铮的小说《战斗在敌人心脏里》改编摄制的黑白影片，主要讲述了我方打入国民党军统保密局特务组的卧底刘啸晨，在战友们的配合下，胜利完成任务的故事。它是我最早看过的谍战片，情节跌宕起伏。

这部影片中的许多桥段和台词都被我们小朋友迅速模仿，并加入日常游戏中，譬如台词"站着进来，躺着出去！"和我党在敌占区百乐门舞场接头的片段。刘啸晨这个角色，自然是谁都要抢着当的，只能轮流扮演；邻居兼同学长宝有一个大眼睛的妹妹叫长青，扮演接头的史秀英。于是轮到我扮演刘啸晨时，我脚蹬父亲的水靴，左手揽着长青的腰，右手与她握着，跳起交谊舞……

独特的电子琴配乐在影片中无处不在，电子乐在那个年代已开始流行，例如 1977 年的《黑三角》，感觉有嗡嗡的鼻音似的，怪怪的。

小时候玩枪战游戏，开枪前总要抢着说刘啸晨的台词以代表正义的一方。"我代表人民宣判你死刑！"长大了才知道除了自己谁也代表不了。

在那个电影票价只有三角钱的年代，《保密局的枪声》创造了六亿人次观影、票房近两亿元的"影史神话"，并获得当年度文化部优秀影片奖。是时代成就了这部电影，1979年，虽然"文革"的十年浩劫已告一段落，但在电影界，"文革"留下来的清规戒律还在作怪，电影还要遵照英雄人物的"三突出"原则，镜头还要"我大敌小"，角度还要"我仰敌俯"……《保密局的枪声》突破了"样

连环画《保密局的枪声》

水彩画　2018年　38 cm×20 cm

板戏式"的拍法。影片中观众看到的敌人、特务并不都是猥琐矮小的，地下党员也不会故作英雄状，而是与敌人在微妙对决中，为我党夺取重要情报。这种写实，真正还原了地下党员这些战斗在敌人心脏的英雄形象。

那时无论影视作品还是文学作品，从形象到姓名都有很强的脸谱化和暗示性。影片中扮演国民党军统特务的陈少泽，一看那浓眉大眼、一脸正气的形象，就知道一定是我党的地下工作者。而军统处长冷铁心和叛徒黄显财的名字，一猜就知道两人的性格特征，就像《少林弟子》中的侯八赖，只闻其名，就已猜到一定是个市井无赖。

影片最后，完成任务的刘啸晨又接到组织新的任务，将随撤退的国民党军去台湾地区继续潜伏。这个开放的结局在当时多以皆大欢喜、大圆满为结尾的影片中，还是具有创新性的。

再见，朋友

一

啊，朋友再见，

啊，朋友再见吧，再见吧，再见吧！

如果我在，战斗中牺牲，你一定把我来埋葬；

请把我埋在，高高的山岗，再插上一朵美丽的花；

每当人们，从这里走过，都说啊多么美丽的花；

这花属于，游击队战士，

他为自由献出生命……

这首意大利歌曲《啊，朋友再见》是南斯拉夫电影《桥》的插曲，随着该电影 20 世纪 70 年代在中国热播，给观众们留下了难以磨灭的印象，一度口哨、口琴都在演奏这首歌，传唱至今。小时候看电影不明所以，总是看热闹，看懂时已是不惑年，仍觉得好，我想这就是经典吧，经得起时间的沉淀和洗礼。好的东西一定是从心头流淌过的，所以才会触动人心，绘画、文学、影视等艺术作品皆如此。下面我就尝试着浅谈下当年非常经典的两部南斯拉夫影片。

南斯拉夫有一类电影叫作"游击队电影"，风格介于偏严肃的战争片和偏娱乐的动作片之间。哈·克尔瓦瓦茨（1926—1992），南斯拉夫著名导演，导演的电影作品有 36 部，编剧的电影作品有 21 部，其中最为中国人熟悉的两部电影《桥》和《瓦尔特保卫萨拉热窝》便是"游击队电影"的典型。

《桥》的故事背景发生在 1944 年"二战"后期，德军失败在即，试图从希腊撤退，经南斯拉夫退回本土。而在南斯拉夫境内，德军和南斯拉夫游击队围绕撤退途中一座必经的桥展开了殊死搏斗。

首先是小人物的塑造。影片中的男主角是日沃伊诺维奇饰演的游击队员老虎，坚毅勇敢，冷静寡言。关于这一角色会在后面展开讲。在这里着重谈谈配角，也就是小人物的塑造，更让我感动。他们一样鲜活，使人印象深刻，甚至不比主角逊色。

人物一：党卫军上校霍夫曼。

"这座桥像什么？施密特。"党卫军上校霍夫曼博士饶有兴致地问着他的助手。

"像个屁股！"

施密特看了看无语的博士，立刻更正道："像臀部，上校先生！"

霍夫曼又好气又好笑地说："施密特，你永远是一只猪。它像一个绳套，不久的将来我们将把它套在一个人的脖子上……"

我们很少会在"二战"题材里看到德军有幽默的一面。虽然霍夫曼是本片的大反派，他与德军古板的马克·冯·菲尔森上校形成对比，一文一武。他有着博士的头衔，脸上总挂着笑容，从形象气质到台词，都显得那么儒雅。但他内心狡猾凶狠，热衷于权谋，用桥作为诱饵消灭游击队员，可以看出这个角色并没有被脸谱化。

人物二：游击队员。

游击队员狄希是老虎亲自挑选的，绝对服从老虎的领导，哪怕老虎要求缴下首长的枪也照办不误。这个沉默寡言、善于用飞刀的战士，是天生的杀手。游击队员匝瓦多尼和班比诺则是完全不同的风格。匝瓦多尼是爆破能手，一个爱喝酒爱唱歌的乐天派，班比诺既像他的勤务兵又像他的小弟，他们的加入给这支小队增添了十足的活力。圆滑世故的曼纳曾经参与过大桥的建设工作，他是队伍的向导和情报员之一，只不过似乎与狄希之前有过节。这个小的游击队表面上看似一盘散沙，实则以老虎为核心，各司其职，每个角色都饱满、富有张力，不可替代。

影片第一处高潮来自于班比诺的牺牲。他从出场到牺牲，存在的时间并不长，却为我们塑造了一个鲜活的青年游击队员的形象。班比诺头戴鸭舌帽，身穿绿色高领毛衣，束着腰带和弹夹，是个阳光大男孩。他的人生才刚刚开始，他奔跑的步伐就像跳舞一样，在过河时他还对匝瓦多尼说"看来我们还要洗个澡呢"。他跟德军在沼泽地周旋战斗时，背景音乐都那么欢快。

可这些都在他腿部中弹后发生了变化，背景音乐也变得悲壮沉重。虽然猝不及防，但观众也预料到了将要发生什么。终于，班比诺打尽子弹，拖着受伤的腿，佝偻着背，一瘸一拐地在泥泞的沼泽地里艰难而行，身上绿色的高领毛衣已经被泥浆浸透。此时，《啊，朋友再见》随着在沼泽地里蹒跚而行的班比诺缓缓响起，不过这乐曲变成了慢拍的交响乐。当德军即将围住他时，他哭了，呼唤远处的匝瓦多尼。他竟然哭了！这是我在屏幕上第一次见到哭泣的革命战士，与之前影视作品中塑造的革命战士截然不同，它表现了一个青年在面临生命威胁时对死亡的纯粹的恐惧。恰恰是这一点，让我们看到了人性的光辉，此时的他不仅是战士，更是条鲜活年轻的生命。班比诺看着不断围拢上来的德军，不停地哭喊着："匝瓦多尼！匝瓦多尼！……"这是最令人揪心的一组镜头。可是内心痛苦的匝瓦多尼只能服从老虎的命令，将炸药包扔向班比诺，不让他被敌人俘虏。"不要怕，班比诺！"匝瓦多尼最终向出生入死的战友、亲如兄弟的班比诺扔出了炸药，他的痛苦同样让观众动容。时隔几十年，看到此我仍会流泪。作为战争片，即使还原得再逼真写实，也不如真实的战争血腥残酷，但这种另辟蹊径的文艺风格，成为革命战争片中一抹亮丽的风景线，也给我们带来了不一样的观感体验。

人物三：工程师。

游击队要炸毁这座桥，离不开一个关键人物的帮助，那就是当初建造这座桥的工程师。

他的信仰很单纯，只埋头工作，不问政治，不站在任何一方立场，保持中立。用游击队员曼纳的话说就是"连茶杯都不打碎"的人，要他摧毁自己的作品，这是万难之事。果然，最初工程师完全不配合："我不会允许你们炸毁我的桥，我发誓我会阻止你。"

后来看到班比诺因他而牺牲，他虽然有所触动，但还不够。

"每座桥除了外形以外，还有心脏吗？"匝瓦多尼尽量用微妙的语言试探工程师。

"是的，在桥拱连接的柱子上。"工程师微笑着回答。

"可是那有很多根柱子。"

"只有一根是最重要的。"

……

紧要关头，桥上德军一波一波地袭来，曼纳也牺牲了。工程师看见匝瓦多尼将要执行爆破任务，如果没有自己的指引，行动将是徒劳的。为这座桥，已经有很多人死去，如果继续保留这座桥，到了游击队约定总攻的时间，将会造成更多的伤亡。他不再犹豫，告诉了匝瓦多尼炸桥最关键的位置，"在桥拱连接的柱子上，靠左边有两个洞，把炸药放进那里"。

影片最后迎来了高潮。匝瓦多尼完成了安装炸药的任务后，在即将登上桥时被击中，摔下桥去。工程师化悲痛为力量，替他完成了剩下的任务。但因导火线卡在石缝中，撤退无望，看着涌上桥面的德军，工程师决然地完成了他最后的蜕变——亲手按下引爆器，与自己设计的大桥同归于尽。

片尾，德国将军说："我们失败了。可惜，真是一座好桥。"老虎也感叹："可惜了，真是一座好桥。"前者惋惜的是自己的军事计划，后者惋惜的是自己的土地和战友。

二

再看电影《瓦尔特保卫萨拉热窝》。

在《桥》中饰演老虎、在《瓦尔特保卫萨拉热窝》中扮演瓦尔特的演员日沃伊诺维奇，善于塑造游击队员形象。两部影片在中国风靡一时，跌宕起伏的故事情节和打动人心的英雄形象深受中国观众喜爱，大家更是亲切地称呼他为"瓦尔特"。他在此片中的出色表演为他赢得了南斯拉夫全国电影节最佳男主角金舞台奖。

在《瓦尔特保卫萨拉热窝》中，具有宽阔下巴、高耸鼻梁、深邃眼睛的瓦尔特手持 MP40 冲锋枪，在"嗒嗒嗒"的枪声中，他的形象就如密集的子弹牢牢地印在人们的脑海中。那火力的杀伤力和视觉冲击力，直接把《平原游击队》中使用驳壳枪的李向阳的形象甩出了几条街。南斯拉夫战争片的说教意义并不在主角大段的对白中体现，多隐含在情节中，人物性格复杂丰满，更人性化，而不是程式化、脸谱化。主角往往人狠话不多，配角性格鲜活，同样让人难忘，例如《瓦尔特保卫萨拉热窝》里的钟表匠谢德。

提到谢德，就会想到那句经典的接头暗号：

"空气在颤抖，仿佛天空在燃烧。"

"是啊，暴风雨来了！"

多么富有诗意的一句对白，就连敌方的奸细也这么由衷地感慨。这两句台词相当经典，是在当时革命电影熏陶下成长起来的孩子们过家家的常用语，是我们那一代耳熟能详的台词之一，是众多革命影片那些脍炙人口的接头暗号中可谓最文艺的。不信我们比较一下：阿尔巴尼亚电影《宁死不屈》中为"消灭法西斯"对"自由属于人民"；《林海雪原》中为"天王盖地虎"对"宝塔镇河妖"，"野鸡闷头钻，哪能上天王山"对"地上有的是米，喂呀，有根底"；《南海风云》中为"长江长江，我是黄河"对"地瓜地瓜，我是土豆"；等等。

谢德做事稳当，说话慢条斯理，在最关键的时刻却表现得大义凛然、视死如归。谢德意识到，由于自己的疏忽，将给组织带来灾难性的后果，而唯一能够弥补这个过失的只有自己。想到自己心爱的女儿的死，想到无数无辜百姓的死和国土的沦丧，谢德更加坚定了自己的信念。他从一只木制挂钟的下面摸出一支转轮手枪，临行时他平静地把后事托付给徒弟，台词也同样经典，值得玩味。

"我要走了，肯姆。"

"你要去哪儿？"

"去找我的归宿，天黑之前我还没回来，你就把这钥匙交给我弟弟。"

"要我向他说什么吗？"

"不用，他会明白的。"

"我能为你干点什么呢？"

"不用，你好好地干吧，要好好地学手艺，一辈子都用得着啊，不要虚度自己的一生。"

街上来往的人们在不断地向他脱帽致敬，这位受到人们尊敬的老人迈着坚定稳健的步伐，迎着死亡毅然走进敌人的埋伏圈。

"瓦尔特在哪儿？"（间谍问）

"他叫我带来个信。"（谢德冷静地说）

"什么信？"

"对你我都是最后一次！"

话音未落，谢德抽枪射击，敌人倒地，随后四面八方射来的子弹击中了谢德，钟表匠倒在了血泊中……他用生命捍卫了一个老共产党员的尊严，并成功地掩护了被蒙在鼓里的瓦尔特撤退。

影片结尾，党卫军上校冯·迪特里施最终还是败在了如幽灵般的瓦尔特手下。就在离开这座城市的时候，他突然若有所思地望着迷雾中的萨拉热窝，说出了影片中另一段脍炙人口的台词。

"唉，太有意思了，我来到萨拉热窝就寻找瓦尔特，可是找不到。现在我要离开了，总算知道了他。"

"你说瓦尔特是谁？请告诉我他的真姓名。"

"……我会告诉你的。看，这座城市，他——就是瓦尔特！"

最后他终于认清了一个事实，他或者说纳粹根本无法打败拥有坚定信仰、义无反顾的这样一群人，这群与纳粹同仇敌忾、誓死战斗到底的人……他们有一个名字，叫萨拉热窝！他就矗立在瓦尔特身后。

连环画《瓦尔特保卫萨拉热窝》

手绘瓷盘　2017 年　13.3 cm×13.3 cm

The OLD TIME

这类电影讲的故事，既有历史上的战争原型，也符合当时官方历史叙事的态度，又能娱乐大众。举同时期中国影片的例子就很好理解了，如《地雷战》《地道战》《铁道游击队》《平原游击队》——它们是政治和军事教育片，但在百姓文娱生活极不发达的时期，很多人都把它们当传奇英雄故事看，更给那一代的儿童提供了无穷的游戏素材。无论《桥》《瓦尔特保卫萨拉热窝》还是《平原游击队》等，大获成功的原因是一样的，就是在严肃和娱乐之间取得一种平衡，兼顾了当时的"政治正确"和人民群众的娱乐需求。这些片子讲战争，主角是一身侠气、正气的基层游击队员，最后又有一个胜利、光明的结尾，所以深受老百姓欢迎。这把观众代入"正义"的一方，看电影里的反击和复仇就更加痛快，更容易受感染。也正是从小受此影响，我看比赛总要看与自己的城市或自己的国家有关的，总要先"站队"，如果不设定"好人""坏蛋"，真就不知该站在哪一方立场上看比赛。

<h2 style="text-align:center">三</h2>

上面讲的是电影艺术加工后的故事，下面就是真实发生的历史。

南斯拉夫是在巴尔干半岛建立的一个联邦国家，只存在了七十多年。巴尔干半岛在历史上曾被土耳其人建立的奥斯曼土帝国统治，1912年，在沙俄的支持下，巴尔干半岛的国家对奥斯曼帝国宣战，第一次巴尔干战争爆发，结果是奥斯曼帝国失去大部分欧洲领土。

战争结束一个多月后，因领土瓜分不均，保加利亚对其他国家发动第二次巴尔干战争，间接导致第一次世界大战的爆发。1918年，第一次世界大战结束后，属于战胜国的塞尔维亚和黑山合并，又吸收了以南斯拉夫民族为主体的本是奥匈帝国省份的克罗地亚和斯洛文尼亚，组建成一个名字巨长的国家——塞尔维亚·克罗地亚·斯洛文尼亚王国，1929年简称"南斯拉夫王国"。"二战"期间，1941年，纳粹德国入侵，占领南斯拉夫。1945年，德军撤退，在铁托的领导下，建立南斯拉夫联邦，包含塞尔维亚、克罗地亚、斯洛文尼亚、波黑、马其顿、黑山六个国家。1991年，斯洛文尼亚、克罗地亚和马其顿宣布独立。1992年，波黑独立，南斯拉夫就只剩下塞尔维亚和黑山，南斯拉夫因此宣告解体。此后塞尔维亚与黑山毅然决定组成南斯拉夫联盟共和国。2006年，黑山举行公投，抛弃了塞尔维亚，宣布独立。塞尔维亚因此失去出海口，成为一个内陆国家，此后再也没有以南斯拉夫命名的国家。这便是南斯拉夫的历史。

导演哈·克尔瓦瓦茨就住在波黑的首都萨拉热窝。1992年正值波黑内战，其中，就包括惨烈的萨拉热窝围城战役。哈·克尔瓦瓦茨被活活饿死，享年六十六岁。萨拉热窝当年没有被德国人摧毁，却几乎被自己人摧毁！

瓦尔特的扮演者日沃伊诺维奇要幸运许多，他一生演过三百多个角色。在演戏的同时也从政，20世纪90年代还一度成为政坛的最高层，当选过塞尔维亚社会党副主席，2002年成为塞尔维亚总统选举候选人，只收到3.27%的全民投票，未能当选。用他自己的话来说，人们喜欢演员的我，而不是总统的我，除非由中国观众投票，我才有机会当选。日沃伊诺维奇的大塞尔维亚主义思想，让他在90年代同多年的好友彻底决裂。这个好友，就是《桥》中爆破专家匝瓦多尼的扮演者、克罗地亚演员鲍里斯·德沃尔尼克。1991年，寻求独立的克罗地亚人同要维持南斯拉夫的塞尔维亚人，发生了惨烈的战争。这两个相交几十年的老友，分别支持自己的民族，出现巨大的分歧。同年，他们各自发表了一系列公开绝交信。

"瓦尔特"在2016年5月22日去世，享年八十二岁。

"谁活着谁看得见。"这是瓦尔特曾在影片中说的一句话，千真万确。

一个时代，一个国家，一群人，都已离我们远去，但他们散发的光辉仍照耀和温暖着心存记忆的我们。

从大西洋底到加里森

中美两国由于历史上的原因曾长期隔绝，直到 20 世纪 70 年代，在双方的推动下，尼克松总统访华，两个大国的联系才开始逐渐热络起来。到了 1979 年 1 月 1 日，双方才正式建立外交关系。随着外交的破冰，文化层面的交流逐渐展开。

80 年代初，一部由中央电视台译制部引进的 21 集美国科幻连续剧《大西洋底来的人》，出现在每周四晚的电视屏幕上。我至今依然记得，那个强壮的男人麦克·哈里斯具有神奇的能力，他有与众不同的手蹼，可以像鱼一样在水里自由往来，无需换气，只要有水，他就力大无穷，可以挣脱任何束缚。故事讲的是在一个神秘夜晚，海底巨浪把奇异的生物麦克·哈里斯送到了岸上。当医学界视之为死亡而无能为力时，海洋学家伊莉莎白·玛丽博士把他放回海洋，才使他得以复活。至于他从哪里来，要到哪里去，他自己也不知道。

麦克接受了一连串的实验，以测验他的速度、灵敏度和力量。虽然麦克获准返回海洋的世界，但他决定留下来帮助海洋学家探索海洋，同时也学习适应人类的世界。

男女主人公在剧中时髦的装扮，立即引起国内追逐时尚的年轻人效仿，甚至男主人公麦克·哈里斯所戴的蛤蟆镜，也成了那个时代流行的标志，被称为"麦克式墨镜"。戴的人须保留左镜的白圆商标，以示时髦，当然还要必备一条喇叭裤、一件紧身花衬衣，手提一台放着"邓丽君"的双喇叭录音机，才算"标配"。这几乎成为80年代中国年轻人的时尚。这部美剧还带火了另外两样流行的东西——飞碟和电子琴。扔飞碟源自剧中主人公在沙滩上玩的一种游戏，将手中的飞碟扔出去，再飞回来。精明的商家很快推出这款产品，果然风靡一时，稍微大点的空地，都成为大家玩飞碟的地方。不仅从未见过科幻类型的电视剧，它的伴奏乐器电子琴我们也是第一次听到，只是觉得与我国传统乐器笛子、二胡等完全不同。自此，电子琴这种乐器在中国也流行起来。而剧中故事对我一生带来的影响是，只要在水中看不到自己的脚丫子就会恐惧，生怕有什么不明生物会伤害到自己。

眼见这部科幻片取得了相当的成功，让国人大开了眼界，还带动了社会的流行时尚。同年，第二部美剧也很快引进到中国。1980年10月，中央电视台开播26集美剧《加里森敢死队》，每周六晚上八点播放一集。没错，那时候的电视剧大都只在周末播出。

故事背景设定在"二战"后期，主要内容是讲述一个美军小分队在欧洲德战区执行特种作战任务。小分队由中尉加里森负责，所以叫作"加里森敢死队"。男主角加里森很帅，加上童子荣富有磁性的配音，为这个角色增色不少。《加里森敢死队》是一部单元剧，每一集里小分队都要执行一个任务，不管遇到多大的困难都要克服，然后顺利完成一些如营救、暗杀、偷盗等高难度的任务。这么一部战争剧在当年还是很另类的，说是"抗德神剧"也不为过。

敢死队员们是美军中尉加里森从监狱里找来的几位犯人，有骗子、小偷、抢劫犯、杀人犯。这帮有特殊技能的囚犯，分别是擅长演戏诈骗的戏子、飞刀高手酋长、一专多能的大盗卡西诺和动手能力强的小偷高涅夫。他们果然不负众望，营救友军、刺探情报、暗杀德国将领、破坏敌军设施，可以说是无所不能，在欧洲各国深入纳粹敌后从事各种破坏工作。行事作风上，他们吊儿郎当，没有纪律，心狠手辣，机智狡诈，与当时中国人传统观念里的正派英雄有极大的反差。之前我们见到的战斗英雄都是像李向阳、高传宝、罗金宝这样的，他们勇敢坚强，品德高尚，是有口皆碑的英雄模范，这样的英雄形象影响了我们很长时间。而《加里森敢死队》里除了中尉之外，其他几位"战斗英雄"的出身都是从监狱里临时放出来立功赎罪的，在执行任务中自然也会暴露一些劣根性，这种不完美的英雄形象，在 1980 年可是对传统的价值观有着不小的冲击。可看点恰恰在这些人的不完美上。五位队员每人都有鲜明的性格，他们在剧中表现出来的勇敢和怯懦，博爱和自私，鲁莽和认真，稳重和诙谐，都非常人性化和生活化。队员之间从不信任到信任，从公事公办到

旧时光 The OLD TIME

荣辱与共，他们之间的关系进化也是一大看点。当年每到周末，人们都如约守在电视机旁，等待《加里森敢死队》紧张的开篇音乐响起。

但这部 26 集的经典剧，在国内只播了 16 集就戛然而止，被告知已播放完毕。据说是因为敢死队员酋长的缘故，他使的一手好飞刀，成了当年孩子们拼命模仿的对象。那段时间，最受欢迎的玩具是自制的飞刀。用锯条在石头或地上磨出刀刃来，在刀把处缠上胶布。玩法很简单，但也有难度。找棵树，几个孩子站在几米外，瞄准，甩刀，看谁能一刀扎中。好在停播不久，南斯拉夫电视连续剧《黑名单上的人》开播。同样是发生在"二战"的故事，依然是在敌后从事秘密工作的那些桥段。这部电视剧跟《加里森敢死队》很像，多少填补了《加里森敢死队》给我们留下的遗憾。只是主角不再是罪犯，而是一群游击队员。

面朝大海

我又一次来到这里，屈指算来已是第四次了。

第一次好像是 90 年代上大学时，假期随旅行团去日照森林公园，路上透过车窗远远地看到任家台码头里一片片插满小红旗的木船，当时恨不得跳下车去。

第二次是 2005 年师弟带学生去任家台写生期间，约我周末过去写生，我下车的地儿正是当年那个一瞥难忘的码头，整整"晚"下车了十年啊！我住的渔村与海仅一街之隔，三天的时间匆匆赶画了四张画。我在相隔不远的肥家庄遇到一处风景，喜欢得不得了，那一处就画了两张。我何曾想到就此与"她"结下不解之缘。

第三次是 2007 年五一期间，我又到渔村画了几张画，自然还包括那处风景。

这次是第四次。我住的地方距离任家台有段不短的距离，但我

海边风景·一

水粉画　2005 年　30 cm×20 cm

海边风景·二

水粉画　2005 年　42 cm×29 cm

海边风景·三

水粉画　2007 年　42 cm×29 cm

海边风景·四

水彩画　2009 年　42 cm×29 cm

还是忘不了那处风景，仿佛赶赴冥冥之中的约会一般。快走近"她"时我放慢了脚步，轻手轻脚，仿佛要走进画里。"她"变了，四年里，陆陆续续少了三棵树，又多出一间房，向南又扩建了些水泥地面，上面铺满了晾晒的海苔，撕一小片，弹去沙砾含在嘴里，咸咸的，还有些脆。下午，我坐在一片海苔中和它们一起晒了约三个小时，画才完成。

故地重游最大的感慨是时光，几张画记录了这处风景几年中的变迁。想想也怪，这处风景每次来画都恰巧相隔两年，是巧合还是冥冥之中的安排？不知道。回来后我也一次次打量着它们，内心的触动带来了痕迹，如同一面镜子，从中我也在审视着自己四年里的变化。海子有一首诗叫《面朝大海，春暖花开》：

> 从明天起，做一个幸福的人
> 喂马，劈柴，周游世界
> 从明天起，关心粮食和蔬菜
> 我有一所房子，面朝大海，春暖花开
> ……
> 陌生人，我也为你祝福
> 愿你有一个灿烂的前程
> 愿你有情人终成眷属
> 愿你在尘世获得幸福
> 我只愿面朝大海，春暖花开

诗的下半首没想到在这里也得到了诠释，海边拍婚纱的新人特别多。我坐在海边一沙丘上画画时，就遇到一群来自临沂的新人，在轮流等待拍摄时，他们爬上沙丘来看我画画，聊了一会儿天。等到画完离开时，我对他们说了一句："祝你们新婚快乐！"他们愣住了，待我走出几步后才听见连声的"谢谢"。这意料之外的祝福，我想也足够让新人们温暖一阵子了。

海边风景·五

水彩画　2007 年　42 cm×29 cm

天凉好个冬

　　或许是在这座城市生活得太久了，对季节的交替也麻木了许多，除了例行的增减衣物。日子总是一如既往，全无新鲜，身体注定大不如前，渐渐腐朽。我开始像一株老树，周边该有的景致闭着眼睛也能看到，回忆过往就足以填满当下的日子。因为一件事、一个人，会记住一段日子、一个季节，自然也会在某天某时想起某个人、某件事。

　　2009年的冬天，我从山东画报出版社冯克力老师手里接过一摞用A4纸打印的还没有书名的稿子，他请我配插画。我也不知能否胜任，说先拿回家看看内容。于是天天上班带着，抽空就拿出来看。这是一部回忆性散文集，共45篇，每篇文字不长，记述了20世纪六七十年代的一个懵懂少年"我"在济南的生活经历与体验，诸如挖防空洞、吃忆苦饭、参加游行、抢传单，以及玩的各种游戏。初

《收租院》插图

看像《阳光灿烂的日子》，可没有王朔的文风"痞"，也没有那么多戏剧性的情节，就是通过一个乖巧的济南"小么子"的视角，在平淡的记述中，让人看到那动荡年月里一名小学生的所见、所闻、所感，为那个特殊的年代留下了宝贵的记忆。

文章画面感很强，回忆更是细致入微，我也越发对那个小孩充满好奇。因为需要确定主人公的艺术形象，在我的要求下，作者林浩老师发来自己小学时期的一张1寸照片，我将以他为原型进行创作。

在这期间，我与林老师在冯老师办公室第一次见面。那张小学时期的照片，我早已反复审视一段时间了，牢牢印在心里，一打照面便认出眼前的这位中年人就是当年的那个"小学生"。他略显拘谨和客套，个头不高，皮肤略黑，眼角与眉毛都微微上扬，脸上没见皱纹，很显少相。因为对书中的他已经很熟悉了，所以那次初见也算一见如故。临近中午时，林老师邀冯老师和我在附近吃饭，落座后他从口袋里掏出一台小巧的数码相机，请服务员为我们拍照，于是便有了这张我们三人唯一的合影。

本人（左）与林浩（右）、冯克力（中）合影（拍摄于2009年）

席间，冯老师拟了书名，就

128

叫《当年不识愁滋味》。林老师童年生活的上新街一带我常去，所以很熟悉；他曾经的初中母校，正是我现在的工作单位。于是我们就成了朋友，"林老师"变成了"林哥"……

他是60年代初生人，我是70年代初，我们童年的生活场景和一部分时代记忆是重合的，所以我在创作中也夹杂了自己的童年记忆，毕竟那个年代的生活变化不大。例如《收租院》那幅插图：一家四口挤在一间屋里，不同的是他有个哥哥，我有个姐姐；关于"石狮子"，我们小时候都干过掏石狮子口中珠子的事，只不过林哥生活在南新街一带，所以掏的是万竹园的"狮子口"，而我在东流水街，掏的是大明湖北极阁的"狮子口"；关于"大板桥"，上高中时，我和同学曾在桥上写生；他"画戏票"，我"画月票"；更别说"诳家雀"和"涂鸦"了。虽然他大我十多岁，但我们却在不同的时空干着同样的事情。创作期间，我俩常常在电话里沟通交流，一聊就是很长时间。就这样，我为《当年不识愁滋味》中的16篇文章配了插图。

有一次，我和几个朋友在山东省文化馆办画展，距离林哥供职的济南日报社就几百米。他一早就到了，等着展厅开门，我俩一直聊到他上班的点他才匆匆跑步去单位。还有一次，我去日报社，顺便多上了几层楼去看林哥。他已临近退休，好像在负责整理报社档案，一个看似楼梯间的狭窄小屋里，东西塞得满满的，根本坐不下，我们就在门口聊。他讲起近期要写的几个人物，我听得入迷，就说你快写吧；他说不急，还要再琢磨一下。好，那我等着。

《石狮子》插图

谁想到2015年的最后一天，12月31日早上，林哥突发心脏病辞世，享年五十八岁……

他的另一本书《窥探门板后的奥秘》中有一篇文章《慢慢走，看风景》中写道："在我看来，旅行有三种境界。其一，行走；其二，带着思考行走；其三，带着思考行走，尔后立言，与大家分享。"无疑，林哥完成了他的旅行，留给我的回忆久久挥之不去。

《当年不识愁滋味》，书名朗朗上口。我想冯老师是借鉴了辛弃疾《丑奴儿·书博山道中壁》中那句"少年不识愁滋味"。

> 少年不识愁滋味，爱上层楼。
> 爱上层楼，为赋新词强说愁。
> 而今识尽愁滋味，欲说还休。
> 欲说还休，却道天凉好个秋。

那我也借这首词的结尾改一字，作文以纪念林哥和我的过往，就道"天凉好个冬"吧。

2018 戊戌年小雪

"为官"十三秒

老师眼中的好学生总是和学习成绩挂钩的，而我的学习成绩并不突出，肩上一道杠也没有。要知道"一道杠"负责收作业，"二道杠"负责检查眼保健操，"三道杠"可以负责像升国旗那样"显赫"的大事。我一直到高中也没当过什么班干部，只有大学时当过生活委员，每月负责给同学发放师范生补贴。自由自在地做"吃瓜"群众，"起哄架秧子"是我由衷乐意干的事。工作二十载也没当过什么"官儿"，看来这辈子是与仕途无缘了。这话说得也不准确，准确地说我当过"官儿"，而且还是在万众瞩目下。

话说某一年市里教育系统召开运动会，从市教育局到中小学校，在各个运动项目上展开激烈比赛。最后一项是各教育单位进行四乘一百米接力比赛，一至三棒接力成员必须是校级中层以上干部，最后一棒要求是单位的"一把手"，于是我被临时任命为"主任"，是教导主任还是教务主任我也没听清，更没计较。我被安排在第三棒，纤细的体形让我接棒后很快跑到第一位次，顺利将棒传到我们校长手中。在皆大欢喜中，运动会圆满地完成各项比赛任务，取得了预期的效果！

　　我也以十三秒的速度结束了自己的"为官"生涯！

旧时光
The OLD TIME

一丝不挂

工作后，推杯换盏间，常常有人吞吞吐吐地询问我关于大学学习绘画期间画不穿衣服的女人一事。在酒桌上，这与有色笑话异曲同工，笑话我只会听不会讲，倒是可以谈谈从"光腚猴"到一丝不挂的认识。

一

小时候，我父母都上班时就要把我和姐姐送到厂里的托儿所。在那里和同龄的小伙伴们吃住在一起：一起拉根长绳去散步，一起午休装睡，一起捧着搪瓷碗吃饭，一起排队打滑梯，一起头顶屁股蹲一长溜拉屁屁……再大一点去泉边捉鱼、戏水，我们小孩没有穿衣服的，只有比我们大很多的孩子才穿泳裤；也不在一个水域玩，大孩子们都是在深水区，去高的石台上跳水。而我们这群年龄段的孩子被统称为"光腚猴子"，意思是不穿衣服的小屁孩。那时也没觉得有什么不妥。

最初自觉地发现男女不同，我清楚又朦胧地记得源于一件事。大约是从托儿所到小学一年级之间的某年冬天，因为我还不会自己穿脱厚厚的棉衣裤，一如既往，母亲领着我去厂里的澡堂洗澡。

锅炉房的北侧是一长排打开水的水龙头，都呼呼冒着热气，中间有个穿廊，两边分别是男女澡堂。路东先是几步门廊，然后推开两扇弹簧门，再掀开一张毛毡门帘，便进了女澡堂的外间，水泥台上都是认识或不认识的正在穿衣或脱衣的大姨大妈们。在妈妈的提示下我挨个有礼貌地跟她们打了招呼，然后被抱到冰凉的水泥台上任大人像剥粽子一样脱去厚厚的棉衣裤，缩着光溜溜的身子麻溜跑进里间。中间是一个热气蒸腾的长方形大池子，四周有三面是淋浴，在雾蒙蒙的水汽笼罩下全是白花花的"光腚猴子"……我先在淋浴头下冲洗一遍，然后晾在边上等着母亲给打肥皂。在这雾蒙蒙的水汽环绕之下，我认出了身旁站着的一个比我稍长的女同学，近得我能看见她结着水珠的头发和睫毛，从她的眼神中我能看得出她也认出了我，但那眼神，怎么说呢，我虽然年纪小但还是感受到了，不是友善和惊喜，是什么我也说不清。这么近距离的"赤诚相见"加上她那看我的眼神，我突然就觉得不自在了，开始意识到我和她的不同，我与她们都不同！

此后，我再也没踏入女澡堂，那次的场景也成了我对女澡堂的全部记忆。当然母亲是不知道其中原委的，以为我不爱卫生，不愿去洗澡，以致后来常常追着我满家属院跑。我一边跑一边大喊："俺不去女澡堂，俺不去女澡堂！"以便传达给大院里围观的大人们这样的信息——我是占理的。母亲最后还是让步了，改为由父亲带我去对门的男澡堂洗澡。

二

初三毕业那年，我参加了一所职业高中组织的美术专业考试。这所职业高中名为"济南第五职业高中"，成立不到三年，除了招两个电工专业班，还有一个美术摄影专业班。专业考试时我背临了一张齐白石的《荷花水禽图》，同场的考生有画虾的，有写书法的，还有画变形金刚的……监考员张青老师（我们入学后的美术专业教师）正有条不紊地巡视考场。当他经过最后一排的考生身边时，不觉停下脚步，皱了一下眉头，而后又仔细审视起来，那神情不亚于发现了一个天才！当时，那场景被旁边叫李震的考生牢牢记下，三十年后的同学聚会上（文中所列的考生都成了这所学校的同学），他还模仿张老师当时惊讶的表情。

这个坐在最后一排的黑壮的大个子考生（后来我们称他为"大壮"），此时正埋头专注地伏在课桌上默画一幅女人图，一个不穿衣服的女人！那是1989年，十五六岁学西画的初中生大多刚刚接触石膏几何形的素描，可他却能默画出一个裸女，那需要了解人体结

136

构和应对复杂的形体变化和塑造。像比赛跳水这家伙选择的难度系数比我们大何止一倍，即使"水花"溅得大些都可以忽略不计了。

一开始，大壮同学素描的基础最好，学时也比大家长。同学们还在学打线条时，他已然站在画架前，双腿自然叉开，左手做攥拳状放在腹下，右手握笔与画板呈90°，手腕飞速抖动带着铅笔熟练地在画纸上打着排线，还不时停下来，仰头眯眼观看画面整体关系，颇具大师风范。大壮告诉我们，他的理想就是要考上美术专业院校，面对面写生不穿衣服的女人。当然，理想还要等三年后才能实现，他眼前儿另一爱好也不能耽误，那就是机械，最好是有杀伤力的机械，比如弹弓和枪。前者他常常揣在身上，至于后者，他一边如饥似渴地在《轻兵器》《现代兵器》等杂志上学习，提高专业知识，一边一有空闲就约第二钢铁厂的同学去厂区找寻无缝钢管。由此，画画的技能都转移到了制图上。就在他反复试验快捣鼓出成品时，管不了他的家长主动找到了街道派出所寻求帮助。他的杂志、学习笔记和原材料统统被没收，只给他留下了最讨厌的课本……

学校里没人敢惹这个独行侠，因为这家伙打起架来不要命，像只没有痛觉神经、咬住就不松口的比特犬。后来他因为和同学打仗被退了学，也远离了他最初的梦想。

多年后，我已是高中美术教师，大壮多方打听找到我，想让我教他儿子画画，以便将来考艺术院校。说话间，他对着不远处的一个孩子呵斥道："过来喊叔叔！"只见一个活脱脱的少年版大壮来到我的面前……

三

　　我终于带着许多高中同学（特别是大壮的）的梦想考上了大学——一所鲁西南的师范院校。艺术系是这里规模最小的系，而当开设人体课程时却没有专业人体模特（裸体画在艺术院校有一个更专业的词汇叫"人体画"），于是系里从天津美院高价"借来"一个四十岁左右的女模特。同学们都是第一次写生人体，既紧张又期盼，早早就都赶到画室，围着静物台抢占下地方，准备好画具翘首以待。终于，女模特似众星捧月般走上静物台，其实更像是被一束束好奇又炙热的目光架上台的。模特在台上按照老师的要求摆好姿势，神情自若，台下的学生们个个佯装镇定老练地掩饰着尴尬，看似与平日一样地起形，实则个个强按着扑通扑通跳动的心，眼睛躲闪又坚定地审视台上这个相貌一般、皮肤白皙、腰间一层赘肉、一丝不挂的中年女子。谁想到这高涨的热情半天都没保持住，当一览无余毫无神秘可言时，看上几个小时就索然无味了。还是穿了衣服好看，藏中有露才吸引人。就像中国传统的园林艺术，只有不断遮挡阻碍你的视线，才能吸引着你在移步换景中步移景移，不断发现新的景致。人体不仅仅难画，还影响食欲，上了几周人体写生课后，我们见到食堂菜里的肥肉都作呕。

　　女模特显然也瞧不上这个小地方，上课时常常抱怨吃住条件差，后悔来了这里。一次课间休息时，她系上睡袍，穿着拖鞋，衔着烟去学院广场散步。别的系学生哪见过这场面，在这个县城的校园里，她简直成了公众人物，不，是"这县城大学里最靓的妞"！可想而知，院领导把系领导约了去，系领导又将任课教师叫了去……"请神容易送神难"，合同没到期，人家也不会走。

后来，又发生了一件匪夷所思的事情。在某天人体课上，后勤的维修师傅竟顺利进入到画室安装玻璃，从他慌乱的神情中可以看出，他怎么也没想到画室里会有一大群学生围着个一丝不挂的女人在学习。师傅趴在窗台上，竟一时不知道自己是来干吗的了，把女模特气得也不知道该冲谁发火了。

我们这届有两个班，分别在两个画室学习。一班的某个男生看到人体模特资源匮乏，竟然主动要求做起了人体模特，是那份收入打动了他，还是可以摆脱这难画的作业？猜不透。但可以肯定的是，他的勇气比专业模特还大，因为台下都是平日里的同学。此后同学们再见他，都会不自觉想起他不穿衣服的样子。

四

大学同寝室的王同学，平日总爱捯饬，头发梳得锃光瓦亮，大宝SOD蜜抹得油光水滑，皮鞋擦得跟头发一样光亮，为了配上那身西服还戴上一个黑框眼镜，尽管他并不近视。每次出门前，总要对着巴掌大的镜子，上下左右、前前后后照一番，才挺起胸脯满意地出门。这精致劲儿他却从不用在规整自己的床铺上，尽管是下铺，那个脏乱差没人会去坐。某天他起床后，没有像往常一般梳洗打扮，忽然就一丝不挂地去走廊里的公共洗漱间洗漱，我坐在上铺诧异地看着这一切。不着寸缕、走来走去的王同学坐卧行走跟平日里一样，对没穿衣服他好像浑然不觉。不知他被触动了哪根神经，难道格局和境界突然就高出我们这么多了吗？人家根本没把这肉身当回事儿。我顿觉自己很猥琐，就赶紧下床忙自己的事情去了。

很多年后听到了王同学的一些散碎的消息，他大学毕业几年后又重新参加了高考，并考上了中央美术学院。上学期间因精神病休学回家，后来病情迟迟没有好转就退了学，回到老家长期靠服药控制病情。

五

我刚踏进不惑之年就突发了一场重病，躺在病床上喘气都累，浑身没有一丝气力。此时，赤身裸体的皮囊插着各种管子，已被折腾得瘦骨嶙峋，自感生命即将走到尽头。想到此我还是心有牵挂，上有老下有小，奈何躺在床上什么也做不了，此时我才对"一丝不挂"有了新的感悟。"一丝不挂"本是禅语，譬喻超然洒脱，绝无患得患失的念头，对尘俗毫无牵挂和羁绊。如达到这种境界，赤条条来，赤条条走，又何妨！

以上正是年少不知此中意，再闻已过不惑时。

痛定思痛

我不喜痛苦，估计也没人喜欢，好在近些年来找上门来的是它的"兄弟"——病痛。它给人最直接的感受就是肉体的疼痛，级别高于不舒服。人吃五谷杂粮，行七情六欲，生老病死是逃不脱的。"生老病死"这四个字的顺序也符合大多数人的生命历程，当然还有未老先病的。看看医院里摩肩接踵的病人们，什么样的年龄、什么样的病情都大有人在，在那里只有患者与健康人的区别。有病就要吃药，忍受药的苦，是为了医病的痛。排半天队，拍一摞片，开一堆药，对于我的皮囊来说，无非就是按下葫芦瓢起来，走了这病来那病，于是换了科室，再换药。手心里的一堆药片，有一半是防止或治疗别的药片带给你的副作用，服 A 就要搭配着服 B，防 B 的还有 C，接下去是 D，竟然还是多项选择。

久病未必成医，但对身体的种种反应会更警觉。医院对肉体的疼痛是有详细的划分标准的，从无明显疼痛、轻度疼痛、中度疼痛、重度疼痛直到严重疼痛，才达到十分疼痛的标准。俗世凡人形容痛可没有这么书面化，有个做过痔疮手术的朋友形容"能疼到天上去"，比俗话说的"牙痛不是病，疼起来要人命"的描述更具浪漫色彩，杵在地上的我望望天，猜想那一定够十级了。我不好奇自己可以承受到哪一级，哪怕是一级也不想感受，因为再怎么调整心态，人也不能安安静静地品味疼痛，因为它会让人六神不宁，寝食难安，甚至表情都失去了管理。药的作用是抑制入侵的病原体，协助机体提高抗病能力，达到防治疾病的效果，但现实中还有很多病暂时没有相应的药物或是需要一定治疗周期。那要想有效缓解疼痛就需要止痛药，以便让患者能得以安静休息，恢复体力。止痛药不同于冲病灶下手的药，它是换一个角度解除你的痛苦，去减轻或麻痹机体的疼痛感。瞧，跟变戏法一样，当你紧盯着魔术师想让你紧盯的东西时，他已成功地转移了观众的视线，完成了戏法。

小孩子都知道药是苦的，不怕吃药大概就能证明自己是个狠角色，就能在同学间树立威名。在上小学时，我在同学面前打开蜡纸桶包装的一颗中药丸子，毫不犹豫地填进嘴里大口咀嚼，口中散发出的味道很快引起同学们的哄抢，果然又甜又酸，原来是健胃消食的山楂丸！

到了这个年纪什么也不想证明了，几十年的努力和折腾下来，自个儿几斤几两心底有了数，这是"知天命"的前奏吧。不仅自身对疼痛耐受度不高，更见不得别人受苦。痛苦也会带来些许好处，在难以入眠的深夜会让你有些思考和联想，但不能开灯，否则那一串串浮现于脑海的想法会烟消云散，只剩疼痛不离不弃伴你度过漫漫长夜。

　　"思痛"，就是从这黑暗里搜集起来的只言片语吧。

院井记
於九零医
五国华画
庚子年五月
挂床头
熟总想
每逢油桃

第一次见到榴梿是父亲去世十年后，

他曾说那是世上最美味的水果，

多年以后我才明白，

那种味道是一种乡愁，

是父亲浓烈而绵长的思乡之情……

榴梿飘香

我家里有几本大影集，里面有几百张大大小小的黑白照片。小时候我总爱抱着它们翻看，因为里面有众多陌生的面孔，他们凝望着我，对我笑，我常常看着看着就睡着了⋯⋯

曾祖父是广东省揭阳市河婆人，19世纪末随同乡"下南洋"，开始在印度尼西亚（以下简称"印尼"）西加里曼丹岛三发一带淘金。当地的华人心灵手巧，能吃苦又有经济头脑，看到印尼的食品较单一，很多人便开起了小餐馆，做面条、水饺和豆腐的手艺都是由华人带去的。生活在那里的华人有个不成文的习俗，就是孩子到了成家年龄都要回家乡找媳妇，因为家乡的女人能吃苦。当年曾祖父带着爷爷回老家娶了奶奶，又回到印尼，生育了六个子女。

父亲张日安，出生于印尼的西加里曼丹，排行老二，一家人在当地以开垦橡胶园为生，后来全家又迁到一个叫打劳鹿的小镇上讨生活。印尼当局对华人很排斥，直到20世纪90年代也没改变，当地的华人仅能从事一些小手工业和商业，即使这样也常常会受到排挤。1949年10月，新中国成立之初，父亲不到二十岁，开始在山口洋市的一家缝纫店当学徒。父亲的姐夫叫黄丕钦，是一个修表匠，他的另一个身份是当地的中华劳工会主席。于是年轻的父亲受到黄丕钦的影响，开始接受进步思想，

父亲回国证件照

还加入了当地的中国青年民主会、中华劳工会等进步团体，并在中华劳工会担任报刊管理工作。从照片上看，父亲那时已经有了一台照相机和一辆三枪自行车，后来那辆自行车被他带回了国内。小时候父亲常去姥姥家接我们回家，就是骑它，我的"座位"就是它的大梁。近一个小时的骑行路程，迎着风又困又冷，我趴在车把上打瞌睡，常会被自行车手闸夹到手指的疼痛唤醒，而更难受的是每次跳下车来，早已不听使唤的腿又麻又痒，半天迈不了步。一直到90年代初，那车子虽破旧不堪，但仍很好骑，听不到一点儿异响。

　　在印尼时，父亲和很多热爱祖国的华人一样，也在密切关注着新中国的诞生，他用相机拍下50年代初印尼华人庆祝新中国成立的情景。祖国的变化和命运时刻牵动着海外游子的心，新中国正召唤全世界的华侨华人回国参加祖国建设，尤其在年轻华侨华人中激起不小的震动。父亲的学长、朋友纷纷响应，争相回国报效祖国，于

是他也做出了决定一生的选择：告别家人和朋友，毅然回国投身祖国建设。1955 年前的这部分照片大多都是朋友、老师和社团送别他们的合影，光同学离别送的两寸照片就有百十多张，背面都是送别和激励的话语。同年 6 月，父亲从西加里曼丹先坐船到了雅加达国际港口，停留数日等待回国的船只，然后直到 7 月份才从广东湛江上岸，终于踏上祖国的土地，也永远地留在了这片土地上。直到他1990 年病逝，再也没能见到在印尼的父母和兄弟姐妹……

回国后举目无亲，汉语又不好的父亲少言寡语，对我们也很少提及在印尼的生活。儿时给我和姐姐讲得最多的是他小时候随爷爷打野猪的情景，故事的高潮处是野猪被众人驱赶到早已设伏好的唯

中华劳工会欢送合影

一出口，由爷爷迎面开枪，父亲躲在爷爷的身后，看到野猪发疯般地冲来吓得浑身发颤，爷爷则从容扣动双管猎枪扳机……直到我们都倒背如流。每次讲到父亲学爷爷端枪瞄准的时候，我们总抢着将枪声学出来。这些场景我至今记忆犹新……

父亲还告诉我们，世上有一种最好吃的水果叫"榴梿"，他能描绘出具体的特征却形容不出滋味，姐姐和我，甚至母亲还是第一次听说世上还有那么硕大且美味的水果，父亲许诺如果回印尼，一定带回来给我们吃。

我所知道的父亲的很多事情是我长大后母亲讲的，还有就是通过他的照片找到的线索。我们看到的照片绝大多数都是他自己拍摄的，从照片上看，父亲曾有过两台照相机，可他从未向我们透露过。我高中学的是美术摄影专业，90年代初的第一台单反相机——海鸥DF1，也是那时不懂事，吵着让家里给买的，但我从来不知道父亲也会摄影。后来母亲说，父亲从国外带来的很多东西在家里拮据的时候陆续变卖了。

归国后，父亲同许多的归侨学生一样，集中在广州归国华侨学生中等补习学校作短暂的语言学

父亲在山口洋

山口洋同学歌剧团合影（拍摄于 20 世纪 50 年代）

山口洋庆祝新中国成立

广东省归国华侨学生中等补习学校侨生合影

山东省实验中学侨生合影（后排左二为父亲）

习。从照片上看，在广州停留的这段日子，父亲精神饱满，心情愉快，和同学们在校园和郊外都拍了不少照片。1956年，父亲被分配到济南，先在山东省实验中学学习。当时济南的归侨学生有132人，这段历史在《济南文史资料选辑》第九辑的《解放后来济归国华侨学生情况》一文中有详细记载，该文的作者也是父亲的朋友——马来西亚归侨林新繁先生。许多城市的学校都在安置陆续归国的侨生，他们的生活、学习都得到了当地政府和学校的悉心照顾。文中还可以看到济南五中侨生、北京第六女子中学侨生、山东省实验中学侨生寒暑假培训学习的合影。

父亲的身体素质很好，擅长跑，还是山东省实验中学春雷运动队的体育生。有一个"国家田径二级运动员"称号的证书，是父亲1956年在省实验中学春季田径运动会1500米跑步比赛中，4分19秒2的成绩获得的；还有几张照片拍摄的是他在校园里举重和打羽毛球。后来他又去体校继续深造。1962年困难时期，体校解散，父亲又重回山东省实验中学。党和政府十分重视归国侨生工作，即使在最困难时期，也在生活上给予了许多照顾。1963年

父亲在山东省实验中学春雷运动队

毕业后，父亲被分配到山东黄台造纸厂参加工作，后来娶了母亲，1972年、1973年陆续有了姐姐和我。小时候，每天早上五点半，天还没亮，他就要带我去跑步，我常常困得跑步时老想打瞌睡，为这事母亲没少和他吵架。记得通往黄河的公路边总有标注公里数的石碑，通常看着石碑来回跑够八公里。若是跑多了我就要赖，所以父亲总是变着法带我绕田间小道多跑。唉！看不见公里数让我多跑了不少路，好在顺便能在田间采些花儿回家。我记得最远的一次是跑到了黄河大坝上就实在跑不动了，脚下满是黄沙，远处除了黄河，还有以前苏联援建了半截的大桥矗立在河对岸……

父亲工作勤恳，仗着身体好常常独自完成累活。"文革"期间生产秩序大乱，父亲在无休止的加班和检查中发生了事故，右手臂被整个卷进机器里，几处骨折……术后，他通过训练臂力很快得以康复，但右臂上还是留下了一长串缝过手术线的疤痕。

1990年，中央电视台《正大综艺》栏目开播，里面有很多关于东南亚风土人情的内容。父亲每周总是按时坐在电视前目不转睛地看，甚至第二天的重播还要看。母亲说他是在找人，找地方……有时他嘴里还念叨着："如果这个季节回去就可以吃到榴梿了。"那一年我上高中，正处于叛逆期的我常常因琐事和父亲争吵。过了10月份，父亲因肝炎住进了中心医院，母亲天天在医院陪父亲。家里没吃没喝、冷冷清清，到处乱糟糟的，我索性也整日不着家，

亲爱胞弟
淑莉弟妹：

　　好久没有通信，转眼已经数年了，不知你夫妻生活情况怎样了，还是照地址写？还在黄台纸厂工作吗？晓燕姪女、国华姪儿、很大了读多少？读几年级书了？还有再加生男女吗？你岳父母等全家平安吗？你们远在中国内，山遥海隔不能会面，我们每时刻挂念你。

　　我们在这裹全家身体平安，生活过得好，请不用挂念。只有母亲在去年（1983年）农历三四月间就起病，起先行路十九岁就气大，身体十分疲瘦，面身手脚渐以消黄，食慾减退，我带多请西医生看治，但是一好一反，换了数位中医生、西医生等医治，都不见效，以後进医院住医治，十馀天後，病况渐以加况重，在去年七月初八夜十一点零逝世了。母亲在生时入佛教，去世後用佛教仪式还山。现在母亲的墓已建筑好了。

　　我现在已五十八岁了，老多了只是脚软行路难，身体弱些，弟弟若接信後请你生活情况，全　　时比，速回信寄给我吧，现只有我们姊妹多来回信。

　　（回信寄香港九龙彩虹　译号　　　　　　　谈

　　祝你们平安

　　　　　　大姊秋菊　一九八四年八月一日

20世纪80年代来自印尼大姑的家信

旧时光 The OLD TIME

也很少去医院看父亲。同年 12 月，父亲的肝炎转为肝硬化，继而肝腹水。有一天我正上着课，班主任让我快去医院。我预感到了什么，一路哭着赶到医院。站在长廊上，透过窗户我能看见病房里的父亲正躺在床上，他的亲戚、领导、同事和朋友一拨拨来探望，穿梭不停，那是在与他做最后的告别。我站在窗前抽泣，我爱他，不想他离开……

他在临终的日子里，意识时而清醒，时而混沌，清醒时他就念叨加里曼丹，就像当年他年轻时执意离开父母投身祖国建设一样，如今执着地想念他那遥远的家，想念他的父母、他的兄弟姐妹，想再一次漂洋过海回到加里曼丹，但为时已晚。被单下的父亲已被病痛折磨得皮包骨头，常常刚输上血又会大口吐出来，瘦弱得我都抱得动。他最后的期盼是希望印尼的亲人来看他，他用眼睛一次次地询问母亲，母亲只得一次次用谎话安慰他："姑姑快来了""这时上飞机了""快下飞机了"……父亲终未能等到印尼的亲人来。最后，他突然提出想吃榴梿，那时是 1990 年，我们根本就没见过这种水果。父亲去世十年后，济南有了大型超市，我才平生第一次见到这种水果。此后，每年清明节上坟我都会给他带去。

如今，我也人到中年，也为人夫、为人父。突然有一天，我就明白了，那榴梿的滋味其实是父亲故乡的味道，原来那是一种乡愁。当年曾祖父带着爷爷离开家乡远走他乡，他乡遂成了父亲的家乡。父亲年轻时觉得远方的祖国才是自己的故乡，于是义无反顾地离开家乡。来到这里，这里便又成了我们的家乡，他老了又在此地思念远方的彼地——西加里曼丹岛的山口洋。

翻开老相册，我仿佛又一次来到父亲身旁，那里有他的一生，有他亲人、挚友、同学和儿时的橡胶园，还有他炽热燃烧的青春。所有这一切都凝固在五十多年前那一张张既熟悉又陌生的笑脸上，他们凝望着我，冲我笑，可我再也没能像儿时那样安然入梦了……

写于 2006 年

旧时光

The OLD TIME

这里是父亲魂牵梦绕的故乡，
回故乡的路太过漫长，
漫长到耗尽了父亲的一生都未完成，
62 年后的我带着父亲的梦，
从他来时的路回家……

梦回辛卡旺

一

我家楼下的幼儿园，在每天清晨家长送孩子入园时总会播放一首儿歌："爸爸的爸爸叫什么？爸爸的爸爸叫爷爷。爸爸的妈妈叫什么？爸爸的妈妈叫奶奶。爸爸的哥哥叫什么？爸爸的哥哥叫伯伯。爸爸的弟弟叫什么？爸爸的弟弟叫叔叔。爸爸的姐妹叫什么？爸爸的姐妹叫姑姑。……"躺在床上的我可以清晰地听到整首儿歌，歌词中有关父亲那一支家族的辈分常识，我在小学毕业时都没弄明白，只知道有姥爷、姥姥、舅舅、姨，但从没真正见过爷爷、奶奶、叔叔、姑姑，只是家里相框中有他们的几张老照片。我们家在父亲去世几年后渐渐与印尼的亲人失去了联系，因为造纸厂都没有了，也没了通信地址。

小姑照片（拍摄于 20 世纪 80 年代）

母亲与小姑合影（拍摄于 2019 年）

2016 年，我突然得了一场病，自感生命已经进入倒计时，回想此生还有哪些未完成的事情，如果可以活着出院余生要做哪些事情。我先在纸上写下了一大串，权衡再三，与有限的生命相比，又将没那么重要的事情逐一划去，最后仅剩下一件值得去做并需马上去做的事——完成父亲的遗愿，找到印尼的亲人，替父亲回去看望还在世的亲人！

出院后不久，2017 年上半年，我着手寻找已经失联二十多年的在香港的三姑和在印尼的小姑。《榴梿飘香》这篇文章曾发表在《老照片》第五十七辑，我把这篇文章改成了一篇寻亲启事，开始在网上和社交平台传播。我们单位民进支部范主任得知后，问我是否找过市侨联。我说，父亲去世后我们与侨联也慢慢没了联系。他说："市侨联刘

小姑一家全家福（拍摄于 20 世纪 70 年代）

主任是我们民进会员，我转给她看看是否可以帮上忙。"就这样，在市侨联刘主任的帮助下，侨联领导很重视，还专门召开会议，商量下一步如何运用海外资源帮助寻亲。恰好市侨联老年艺术团的几位年长的阿姨都认识我父亲，她们把文章转发到了侨友网，很快引起了很多归国华侨的关注，其中就包括同样来自印尼山口洋的蔡伯。他总觉得文中的人物似曾相识，可怎么也想不起来，于是他又将文章转给了他在雅加达的姐姐看，结果他姐姐说"这不是我们家邻居嘛"。原来在西加里曼丹打劳鹿，她家与奶奶家曾是邻居，她认得我父亲，在父亲回国时，她的弟弟也就是蔡伯，那时年龄尚小。于是，她第一时间联系了还在山口洋居住的我的小姑，蔡伯也把这个好消息同时转告给了济南市侨联。当我接到市侨联电话时简直不敢相信，失联 20 多年的亲人居然这么快就找到了！

小姑的电话终于打了过来，素未谋面的我们在话筒里都哽咽了……几次越洋电话沟通下来，确定了小姑让懂国语的三表哥来济南接我，再一同回印尼山口洋。于是我和家人提前几个月办好了护照，并预订了 8 月飞往雅加达的机票。岂料，6 月份我因肾病复发又住进了医院。7 月中旬，表哥如期来到济南，家人与表哥商量后视我身体状况再做打算。终于，在距离启程日期的前一周我出了院，虽然身体还很虚弱，腿上没有一点力气，医生和亲人也都不建议这次长途旅行，但我还是坚持去见小姑。这是我的使命，也是宿命，这个约定已经等了半个多世纪之久。在表哥和家人的搀扶下，我有生以来第一次出国，也是第一次坐飞机。在雅加达落地后停留了两天，

坤甸路边水果摊

我与在那生活的几个兄弟姐妹都见了面，然后我们又换乘印尼航班飞越爪哇海抵达西加里曼丹的第一大城市坤甸，在那转乘汽车，沿着太平洋海岸一路向北驶去。想到即将见到从未谋面的姑姑，我五味杂陈，车窗外赤道落日的余辉洒在平静的海面，道路两边是成片的棕榈树、沼泽，还有散落的村庄。这条路是父亲 1955 年离开家时的路，六十二年后的我带着父亲的梦正从他来时的路回家……

二

直到天黑，我们一行人才抵达山口洋姑姑的家，她和姑父还有小妹早已在客厅等候我们多时。相见的那一刻我与她抱头痛哭，千言万语不知从何说起……70年代我家墙上有两个漆着花边的大相框，里面嵌着一张 5 寸彩色照片，在一片黑白照片中它格外显眼，那是小姑寄来的全家福。照片中，姑姑抱着二表妹，姑父抱着大表妹，三个表哥依次坐在旁边，身后是山口洋的田野。此后小姑又生育了三个子女，现在只有小妹在山口洋和父母住在一起，其他子女都去了雅加达工作、生活。姑父一直坐在旁边默默听着我们谈话，他因患病导致双目失明多年，平日也很少出门。

山口洋位于西加里曼丹北部海滨，属该省第二大城市，最早来此的华人见这里有山、有港口、有海洋，遂将这里命名为"山口洋"，印尼语称此地为"Singkawang"（辛卡旺），来自中国的淘金客和商人将这里作为旅途憩息之所，后来逐渐定居并发展起来，成为印尼最大的华人城市：华人占全市人口 65%，因此也被喻为印尼的"唐人城""小香港"；除客家话通行于市区外，另一特色是"十步一小庙，百步一大庙"的庙宇建筑群，故有"千庙之城"的美称。山口洋还是美食之都，因为这里的华人多为客家人的后裔，他们一方面将客家美食带入印尼，另一方面又融合当地的口味和食材，制作出不少特色小吃。例如这里的华人制作的榴梿糕就是全印尼最好的。还有许多苍蝇小馆的特色小吃吸引着来自世界各地的游客专程前来品尝。

小姑家不常做饭，因为外面的餐馆好吃也不贵。表兄弟姐妹每天都拉我去不同的地方吃饭，甚至深夜还排长队吃夜宵。甜豆花是当地有名的夜宵，每天只在晚上十一点出街边摊，排队的人络绎不绝，折合人民币两元一碗，我一尝，这不就是我们那儿的豆腐脑嘛！不过是甜的，还有一点馅料。这样的赶场国内也有，不过多是赶酒场，而不是只吃东西。有几样小吃让我不由得哽咽，那个味道，我是熟悉的，父亲在世时做给我们吃过。为什么我从小就吃过炸香蕉、炸虾片、咖喱饭等与别人家不同的饭菜？源头就在这里。

8 月正是印尼榴梿成熟季，路边随处可见售卖的摊位，印尼榴梿与马来榴梿的品种不同，它个头小，果核大，果肉呈淡黄色，味道甜美，口感软糯，价格也便宜，一颗折合人民币十来块钱，表哥每次都买十多颗，我们十多口人赤脚盘坐在地上分食，一会儿客厅里就只剩一堆果皮与果核了。

清晨，小姑会和我一起去市场买早饭，遇见熟人她会高兴地介绍我是谁，从哪里来。她还常带我去街上的观音庙烧香，这里讨钱的乞丐不少，几天下来我都认得他们了。买菜、吃饭、拜佛，不同场合都会遇到相同的那些乞丐，他们已经把小镇上人们每天的生活规律摸得门儿清。可是小姑每次遇见他们还是会给钱，即使我提醒她刚才在另一条街给过了，她也总会说没关系。每到春节期间，山口洋舞龙舞狮，庙宇钟鼓齐鸣，男女老少上香拜神；元宵节请神出游，法师坐刀轿、上刀山、穿口针等巡游活动吸引的不仅有全世界的游客，还有各地赶来的行乞大军。

在家里时，我还是愿意听小姑讲父亲以前的事。在距离山口洋以北约三十公里，有一处客家人称之为"打劳鹿"，而华人称"鹿邑"的村落，路边一间二十多平方米的木板房里蜗居着从九公里外的石坪村搬来的一家八口。这个有两子四女的华人家庭，平日除了割橡胶还做些面条，由二女儿在门口售卖，大儿子张日安则在山口洋做缝纫学徒工。他最疼爱小妹，而小妹最开心的事是哥哥每次骑车回家，总要从山口洋带回几块糖果和饼干塞给她……1955年，在小妹十三岁时，哥哥去了中国就再也没有回来，哥哥走后的第三年父亲就病逝了。1965年，印尼"九卅"事变后，他们这家人连夜逃往了山口洋，后来一直生活在那里。

六十二年后的一个深夜，七十五岁的小姑仍守在客厅，她怕晚回来的侄子肚子饿，在等他回来为他煮饭。其实侄子已经吃得很饱了，小姑还是不停地拿各种食物给他："这个要不要试试看？好吃哎。"她恨不得把身边所有好吃的都拿给他吃。在她回忆起当年在打劳鹿

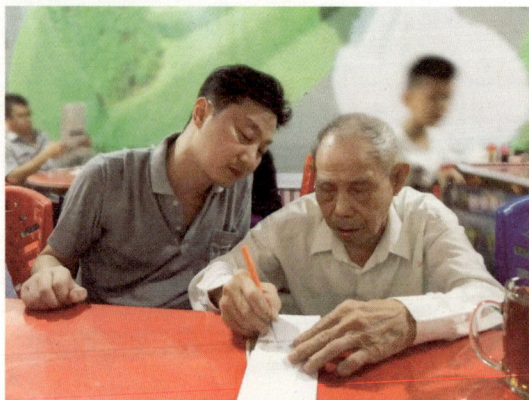
我与大姑父合影

迎向回家的哥哥时，小姑不禁拍起了双手："哥哥回来了，哥哥回来了！"那一刻我知道，她仿佛又见到了她当年的哥哥，她又成了哥哥宠爱的那个十多岁的小妹，而面前这个嘴里塞满食物、眼里噙满泪的我便成了她的哥哥……

三

　　我们还去探望了大姑父。大姑父黄丕钦，号达明，1925年7月24日出生于广东省陆丰县上护乡下塘村，三岁时随母亲、叔父母来到印尼山口洋，50年代初做钟表匠，后担任中华劳工会主席，加入印尼共产党。当年正是他鼓励和支持年轻的父亲归国建设祖国的，一封封家信也多是由他执笔。除后来因摔伤造成驼背外，九十二岁高龄的他身体依然健康，还是爱读书看报。大姑父一家四世同堂生活在一处简陋的木屋里。

　　此行我带去了一些父亲当年的老照片、纪念册，还有我的《榴梿飘香》这篇文章。当翻到纪念册中当年他写给父亲的留言时，姑父还提笔在上面改了一个字。大姑父的记忆力超强，不仅亲笔写下了他在中国出生的年月及县、乡、村的名字，还写出了我曾祖父、祖父的名字。大姑父在山口洋已生活了八十九年，从未离开过。这让我不禁想起意大利电影《天堂电影院》中鼓励青年多

父亲拍的华都戏院（拍摄于 20 世纪 50 年代）

多到外面世界的老电影放映员阿尔弗雷多。影片中，阿尔弗雷多对多多说："天天待在这个小镇上，会以为这里就是世界的中心。你会相信事物永远不会改变，会变得比我更盲目……"大姑父也同阿尔弗雷多一样，一生都未走出过那个小镇，所以他希望我父亲勇敢走出去，去追求更广阔的世界，去实现自己的理想。

你一定想不到在这小小的山口洋，还真就有这么一所建于 1954 年的电影院！2017 年我在山口洋街上参观群众

本人拍的华都戏院（拍摄于 2017 年）

旧时光 The OLD TIME

节日游行，见到路边一处老建筑，顺手拍了两张照片，小姑告诉我那是老电影院，我印象中好像见过。回国一翻父亲的相册，果然是它。父亲在六十三年前曾拍过它的两张影像，照片中不难看出它当时投入使用时间的还不长，最上面写着英文"METROPOLE"，下面标有中文"华都戏院"。为了看清细节，我将照片扫入电脑，放大占满整面屏幕，于是看到了崭新雪白的墙面上还张贴着由周璇主演的华语影片《恼人春色》和好莱坞影星 Doris Day 主演的影片 *On Moonlight Bay* 的海报！这新派时尚的华都戏院，便是属于这个小镇的"天堂电影院"。看电影的人，终成了电影里的人！因为父亲的相册，这座小镇早就在我脑海里或深或浅或毫无察觉地留下了黑白的影像记忆。来到这里后，小镇的许多场景我都感到似曾相识，常常会莫名其妙地举起了相机，原来我正走过他曾走过的街，看过他曾看过的风景……父与子再次相逢在这岁月长河中。如今经过岁月的洗礼，残破的华都戏院依旧矗立在原处，物是人非的"重逢"，何尝不是一次历史的回眸……

后面的日子里，表哥还带我去了奶奶、大姑、小叔和婶婶的墓前祭奠，看了奶奶搬到山口洋后住的房子。60年

奶奶与小叔一家的合影（拍摄于20世纪70年代）

166

回国前，强哥带我去了父亲年轻时常去的海滩（拍摄于 2019 年）

代，奶奶一家人迁到山口洋后，几个女儿陆续出嫁，一直是叔叔婶婶陪着她生活，所以叔叔的子女也是奶奶看大的。

回国的日期临近，还有几个小时我将离开山口洋，乘车赶去坤甸苏帕迪奥机场，再从雅加达回国。六十多岁的强哥是大姑的长子，他来小姑家为我送行，并说想带我去个地方，很快回，保证误不了飞机。我们从山口洋驱车一路向西，四五十分钟后，车停在一处海滩边，他说："这里是当年舅舅和朋友们常骑车来玩的地方，我想你也一定想看看。这处海滩已经被商业开发，那边还有段老海滩，与几十年前一样。"我顺着他的手指看向不远处，那儿已建起一道围墙，海浪正不断地拍打和侵蚀着岸边巨大圆润的礁石，远处的海中还有一座小山，再远就是夕阳下的海平线……

我来到了当年父亲生活的原点，凝望着大海，试着去揣摩他当初的抉择。两地相隔万里之遥，时间跨越半个多世纪，曾经的遥不可及，在短短几个月内犹如做梦般完成了父亲临终的遗愿。我蓦然明白了什么——我到此是一种召唤，是穿越时空的召唤，是冥冥中父亲的指引和护佑，让我与他在此处相逢；他奔赴大洋彼岸同样是一种召唤，那里承载着他的理想，还承载了一个家族的期望……

在雅加达临别的前夜，兄弟姐妹为我饯行，叔叔的小女儿丽霞塞给我一个小布包，说："这是奶奶留下的，交给堂哥做个纪念吧。"我缓缓打开，是只手镯，是只暗淡浑浊的玉镯，是我从未谋面的奶奶留下的遗物。它已沁满了一个客家女人操劳一生的汗水和思念亲人的泪水，就那么沉甸甸地落在我的手上……

我相信我在这里拥抱和祭奠的每位亲人，尝到的每一种食物，见到的每一片天空、土地和海洋，都是父亲曾经感受过的。这里是父亲后半生魂牵梦绕的故乡，只是这条回乡的路太过漫长，漫长到耗尽了父亲的一生都未完成。这次的寻根之旅，我看到了祖辈为讨生活而颠沛流离，父辈为追求理想而毅然放下亲情、远赴万里建设新中国，同辈的兄弟姐妹为创业而不辞辛苦地打拼。

写下这篇文章后，我的心情久久不能平复。与《榴梿飘香》文中记述的一样，这些仿佛都是很久之前的记忆，却隔着漫长的时空铭刻在心底。太多感受涌上心来，真就似一颗榴梿的滋味，一时难以形容……

写于 2022 年 11 月

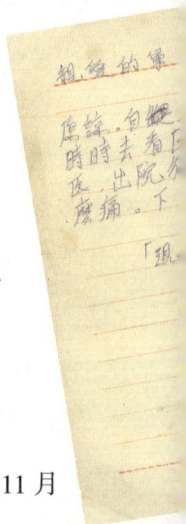

补记：

2018 年小姑父去世。

2020 年大姑父去世。

2021 年小姑去世。

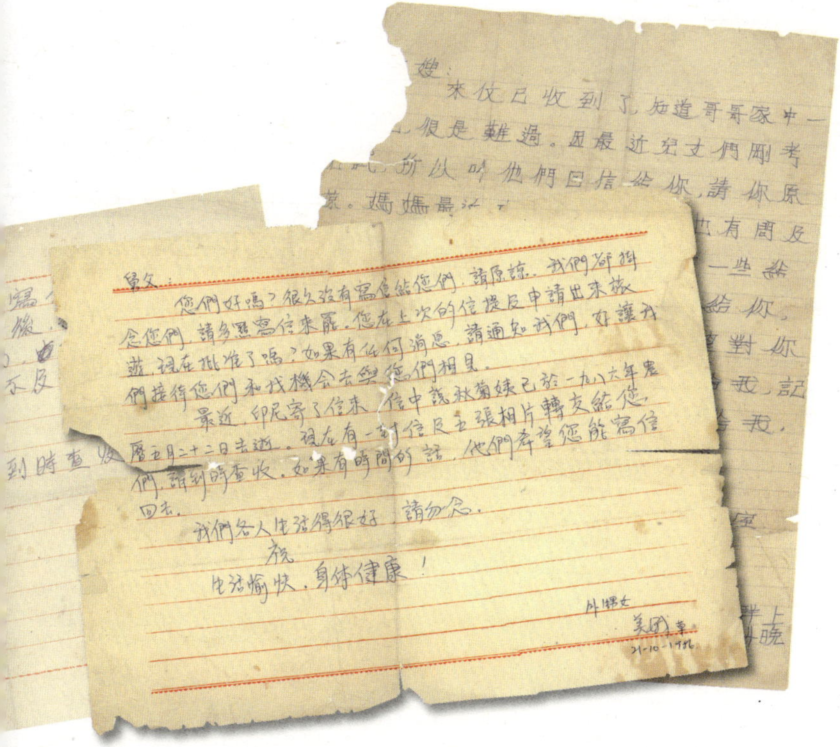

舅父：

您們好嗎？很久沒有寫信給您們，請原諒。我們都掛念您們，請多點寫信來罷。您在上次的信提及申請出來旅遊，現在批准了嗎？如果有任何消息，請通知我們，好讓我們接待您們和找機會去與您們相見。

最近，印尼寄了信來，信中說秋菊姨已於一九八六年農曆五月二十二日去逝。現在有一封信及五張相片轉交給您們，請到時查收。如果有時間的話，他們希望您能寫信回去。

我們各人生活得很好，請勿念。

祝

生活愉快，身體健康！

外甥女

美鳳 草

21-10-1986

我的爸爸

我的爸爸，思想有问题，他吃饭不积极，他身体也有问题，需要经常吃药。除了这，其他的我都很羡慕他，因为他可以不上班，要知道我也不愿意去上学！"爸爸吃饭！""爸爸喝药！""爸爸睡觉！"每天我都要叫他很多遍，因为妈妈说他最听我的话。早上我上学时他还不起，晚上我睡觉时他还不睡，就知道成天价在阁楼上画画和打字。

这么一写，恐怕他答应给我的稿费也要泡汤了，谁叫他让我照实写的。

儿子张文硕写于二年级时

非典型的爱情

儿子上二年级时，不知道为什么开始问我："妈妈，你和爸爸是怎么认识的？谁先追的谁啊？"随便应付一下还不行，总要打破砂锅问到底。那就写下来吧，也省下以后儿子一遍遍地问我。

第一次见到国华是在北京外国语大学（以下简称"北外"），那是 2003 年 7 月还是 8 月的一天。2002 年，北外老教协办了两个新概念英语班，我们分别在不同时段的两个班学习，从未谋面也不相识。转过年不长时间，北京爆发了"非典"，大学校园陆续关闭，英语班停课，许多同学都离开了北京。他"逃"到天津美术学院一朋友那里躲了一阵，才又回到北京。他天天翻墙进北外，追着老师问什么时间开课；临走还要老师开出门条，老师让他怎么进来的再怎么出去……终于，8 月份疫情缓解，英语班重新开课，但人已走了大半，于是原来的两个班合为一个班，我们五六个同学又结成新的"死党"，天天一起学习，一起打饭，课下常在一起背单词、游泳或轮流请客吃饭。他英语基础不好，但很努力。我只知道他来自山东济南，是来中国艺术研究院进修画画的美术教师，学得不耐烦时他常拿出随身带的速写本给同学画画。很快，一年的学期就要结束，有一些同学要回去了，其中也包括他，于是大家更加频繁地聚在一起。

在同学们的一次聚餐中，一个北京大兴的女孩趁着酒劲儿，用自己的方式向他表白了。她用开玩笑的方式将两只脚搭在国华坐的椅子上，故作轻松地说："真舒服！"他略显尴尬，忙岔开话题，可他一定想不到，后面发生的事情令他更尴尬。其实，我也是突然之间决定的，将自己的一只脚搭上椅子的另一边，说："是挺舒服啊！"于是大家哄笑，国华红了脸，两手也没处搁，只得跷起二郎腿，抱着后脑勺往后一仰，故作讨厌状。其实大伙儿都看得出这家伙一定很得意，摆在他面前的是道选择题。

快离京时，他在北外校园贴广告，处理自己那辆来京时买的不知已经倒了几手的自行车。他在 A4 纸上画了一辆自行车，上面还用红色铅笔写着"hot sale"，也算英语没白学，这样的广告我还是头一次见。还没等他从北外贴到人大，车子就卖了。临别时，他请我们几个朋友吃了一顿散伙饭，我送他一个 QQ 号方便今后常联系。我们用 QQ 和 IP 电话卡断断续续联系了两年后，我终于来到了他所在的城市，然后一起携手筑起了一个家。

这就是在那个特殊时期诞生的爱情，也是属于我俩的"旧时光"。

妻子萌萌写于 2020 年

北京游览图

BEIJING YOULAN TU

北京游览图

水彩画　2018　20 cm×30 cm

病隙琐记

元代画家黄公望在《富春山居图》末题款里写道："兴之所至，不觉亹亹，布置如许，逐旋填札。阅三四载，未得完备。盖因留在山中，而云游在外故尔。今特取回行李中，早晚得暇，当为着笔。无用过虑有巧取豪夺者，俾先识卷末，庶使知其成就之难也。"

固然不能与黄公望的伟大作品相比，但艺术作品创作的艰辛却是相似的。我创作的《旧时光》系列作品，有水彩画和瓷盘画二百余幅，杂文四十余篇，恰好也是"三四载，未得完备"。没有一气呵成的才气、洒脱和精力，相反，断断续续，娓娓道来，也是另有一番苦衷，好让大家知道"其成就之难也"。

怀旧总要与现实隔离开来，对于我，那天来得是那么突然，仿佛天都塌了。

那是 2016 年 9 月开学后的某天，照例忙活了一上午，中午开车时脚突然抽筋，我慌忙在道边停车掰了一会儿脚腕。下午搬了两大箱子本子后，累得坐在地上歇了好一会儿。晚上携家人与朋友一家吃饭，照例要了冰镇的大扎啤。也邪了，那天酒怎么也喝不进去，一点不似平时的酒量，我寻思是酒太凉还是这杯子大？最后勉强灌下两杯，临别时自然不服朋友奚落，推说状态不好，还约改日"再战"……岂料那已是压倒我身体的最后一根稻草。

第二天上班后，同事都问我脸怎么肿了，我说可能昨天没休息好。当天的小便溅起大量泡沫，却只能使我联想起昨晚的啤酒花。其实前半年身体一直在发出种种"预警"，因为缺乏医学常识，忽视了一次次身体的"报警"。

第三、四天，除了面部继续浮肿，四肢、肚子也"胖"起来，连上楼梯肚子都在颤，对于我这几十年如一日的腰围二尺二、体重一百一的人来说，在几天内体重就暴增这么多，实在是太反常了！但我并未感到任何不适，既不疼也不痒。我还想，中年发福真就在一夜之间吗？于是，又错过了两天。

第五天，在同事和家人的催促下我就近去了医院，身体哪里出了问题不知道，自然也不知要挂哪个科室的号，借问导医台，竟然遥指肾内科。只化验了一个几元钱的尿常规，就被诊断为肾病综合征，大夫说再不住院，几天后我只能被抬着进来了。将信将疑，于是又去了更大的医院找专家看，尿蛋白已是3+，蛋白快漏没了，就赶紧住了院。病情还在持续发展，住院后的第二天就没力气下床了。

因为肾脏疾病的种类繁多，病因及发病机制复杂，许多肾脏疾病的临床表现与肾脏的组织学改变并不完全一致。比如，临床表现为肾病综合征，病理可以呈现为微小病变、轻微病变、轻度系膜增生、膜性肾病、膜增生性肾炎、局灶节段硬化等多种改变，其治疗方案及病情的发展结果也差别极大。要做病理分析，最常用的办法是先做肾活检，就是取肾组织化验，先判断属于哪种病理类型，才可以对症下药。但在全身浮肿的情况下是没法做肾穿刺的，我只能一面打利尿素，一面控制进水量。即使不喝水，每天只用湿巾润润干裂的嘴唇，也依然阻止不了身体每天像气球一样一点点膨胀。连止吐针也不能打了，因为液体会从屁股针孔里渗出来，我的体重飙升到了一百六十斤！人果然是水做的，商量好似的都从各路汇到了皮下，唯独不去膀胱！蛋白总量已到了很低的指标，只得每天输入蛋白，可这加重了肾脏负担，因为肾的过滤网已破坏变大，根本留不住蛋白。虽然靠每天饮食积攒蛋白量很慢，但应是最好的途径，可此时的胃、肠道都已水肿，再饿也吃不下几口东西，即使吃了也会因药物副作用不停地打嗝、呕吐。能做的就这些了，剩下的只有自己扛了。吃了就吐，吐了再吃……没力气，连抬眼皮的力气也没有了。进气多，出气少，没气就没力，吐出的气只够一个字一个字往外蹦了。我怕了，真怕了，觉得这次我是出不去了。

曾听过秦巴山区里的一件真人真事。村里一位中年人遇见块儿上好的寿材，它是为本村一位病入膏肓的老人准备的。对这百年不遇的木材，中年人赞不绝口，想花大价钱买下，遭到老人亲属的拒绝。谁料想几天后中年人竟突然暴毙，老人的病却渐渐好转起来，结果是在中年人遗属的请求下，终于买得那块原本属于老人的寿材安葬了中年人。自此大山里又多了条忌讳——不要夸棺材好！但那时我就是不由自主地想到了死亡，想到后事，不顾忌讳地、执着地想到一块小穴位，就在父亲墓旁，每年清明节都能看到，被填上了碎水泥砖块，已闲置了二十多年。这个心事，只能到自己判断的最后时刻，攒足气力交代给身边的人去办，不到最后说出来会让亲人更难过。想到这，失控的不只是身体还有情绪，只能自己蒙着被子流泪。

当时有个医生查房时安慰我的话让我很生气，说："放心吧，这病死不了人，难受是肯定的，长病哪有不难受的？"现在想来，话糙理不糙。体内积液一直排不出，最后只能通过验血来排除一部分肾病类型，这种排除法虽没有肾活检精准，但也是唯一的办法了。当时只有北京的一个医学实验室可以做，针对圈定出的这部分类型，采用经验治疗法——使用大量激素，它能治疗大部分肾病类型……果然，开始奏效了，终于排尿了！当能吃下饭时，我又有了希望。直到最后把肺、心脏里的积液也排干净，等我皮包骨头、弱不禁风地出院，已是两个月后，体重只剩不到九十斤。

因为服用激素，出院后的每个月都要去定期检测指标，让医生开处方药。于是我选择了离家更近的医院，也是一家治疗肾病的老牌医院。到 2020 年，肾病又陆续复发了四次，骨质疏松一次，又住院五次。虽然痛苦是相似的，但感受却不相同，也一次次更加淡定，作为老病号，俨然半个专家了。我与肾内科主任、主治医生都成了朋友，每次见到他们我心里就踏实——又有救了。2020 年又复发，指标转阴后我没有急于出院。通过这几年与我的接触，虽然肾内科也能判断出我的肾病是哪种类型，但判断必须要有化验指标作支撑，于是主任说服我做肾活检。为了让我放心，她亲自来做。终于还是没躲过，我趴在手术台上，主任和我聊着天，让我放轻松，并教我如何憋气……突然，后腰像被人用虚握的拳头轻轻捶了一下，然后她拍了一下我肩膀，笑着说："好了！以我的经验，这次穿刺成功率99.99%！"化验结果果然与她判断的一样——微小病变型。它是所有肾病里病理最轻的一种，对激素治疗敏感、有效，常常几周内转阴，临床治愈率高，但复发率也是肾病里最高的。主任又调整了治疗方案……

每次住院都有大把大把的时间。

都说好吃不如饺子，舒服不如躺着，可如果让你顿顿吃饺子和终日躺着，会怎样？就像我的母亲每包一次水饺，后面的日子几乎天天吃、顿顿吃，因为不是剩下点儿馅就是剩下点儿面，于是就再和面或再调馅……最终在全家的反对声中，这无穷尽的剩馅或剩面会被我妈全用上——摊个大菜盒子或烙一张饼。再说"躺"，虽一字概括，但可仰可侧可趴，24小时就这几个动作，自己看着调整。当生出褥疮只能侧卧时，就怀念仰面看天花板的日子；当肺里有了积液只能仰卧时，就又怀念起侧卧着的日子。每天睁开眼，除了天花板就是吊瓶；侧个身，便是病友，他们都在更替，夜以继日；扭过脸，隔着四个病床的窗外，被一片施工的蓝色围挡遮蔽，只透出一小块的天空，下面又能看到更小一片的法桐树梢，树叶也由绿转黄再到凋零……

只能卧床，在这夜以继日中等待，孤独而漫长地等待：等天黑、等天亮、等抽血、等打饭、等查房、等医嘱、等发药、等打针、等输液、等屎尿、等化验、等病轻、等病愈、等气力；也有不等的：不等信息、不等电话、不等车、不等人，甚至不等时间。过去总觉得时间不等人，终于这回轮到我也不再等它。不等时间的时间反倒漫长了，也是有生以来屈指可数的漫长日子，上次还是在年轻时，是因为情感问题。曾与 C 君酒过三巡谈及我们年轻时的往事，他常说我赚到了，一天可以当一年过，那岂不是神仙？我却苦笑。再后来，这哥们也心想事成，还翻番"赚"到了，度年如年年了，酒桌上换成了我安慰他，此为后话。

这次是中年的健康危机。看似一大堆的"等"与"不等"，只要躺着就可以完成，医嘱让什么也别想，安心养病，可我做不到。养身容易养心难，一个人突然从原先的快节奏工作与生活中停滞下来，而且生活原定的目标与意义也一同失去了，我被迫重新掂量自己，重新审视生活……如何能平静下来？没人能告诉我。

躺在床上，我只剩想象了。

这点很像监考，二十多年的教师生涯最无聊的工作恐怕是它，除了指令动作什么也不允许做，只能大眼瞪小眼，另有头顶的电子眼也同时在监视着你与考生，所以只剩大脑可以想象。但也不同，不似过去那样天马行空，这次想不远。也想未来、想工作、想今后，可想不出，因为没了健康什么也无从谈起，所以想不远。倒是往回想可以想到很久前，久到又初来这世上，回到母亲的怀里，回到童年、小学、初中……一幕幕像放电影！没错，像吕克贝松的科幻片《超体》里的桥段，女主角露西与母亲的对话。是不是也跟她一样，我也被药物激活了？

还能想象，真好。

虽然我知道这也同样在耗，耗我的气力。

时间，它真淡定啊。和它较了那么多年劲儿，曾恨不得化身孙猴子拔毛分身去工作，熬夜加班抢的时间，这一把就都还回去了不说，还搭进去了身体。我心疼的倒不是自个儿的身体，是时间。对了，也正因为如此，我才躺在这儿！让我最在乎的时间来偿还我最不在乎的这副皮囊！写着写着，答案自己就出来了。

没错，我这时才想明白了。

半倚在摇起的病床上，吊瓶里的药液正一滴滴地注入静脉，时间就在床的另一端，它默不作声，我也不言语，更没气力较劲儿，就这么面对面耗着，耗着……直到视而不见。

从此，山高艺长不再赶路忙，我与它两不相欠，握手言和。

竟然还是它，让我平静下来。

感谢病，它让我静下来，听一听，听听身体的声音。

感谢病，它使我慢下来，等一等，等等童年的梦想。

还要感谢病，是它的长期陪伴，时刻提醒我余生还要做些什么。

曾在一本书里看到过："这个世上没有不带伤的人。无论什么时候，你都要相信，真正能治愈你的，只有自己。不去抱怨，不怕孤单，努力沉淀。世间皆苦，唯有自渡。生活，一半烟火，一半清欢。人生，一半清醒，一半释然。愿你内心山河壮阔，始终相信人间值得。"

这些文字与画就是在这几年生病、住院、养病、复发、再住院、再养病……周而复始中的病隙琐记。体力、精力不再敢大消耗，画画站站，写写停停，于是小画小文攒成了此书。这期间医生的悉心医治，家人的细心照料和陪伴，领导、同事、朋友们的多次探望与关照，国华铭记！

2020·6 Hua

等待

彩铅画　2020 年　42 cm x 29 cm

旧时光

The OLD TIME

还要感谢朋友阿丹和高杰，他们了解本书对于我的意义，更是竭尽全力，反复推敲设计方案，并在设计和排版的工作之外，帮助我筛选书中文字和图片，对于本书最终呈现的面貌，他们功不可没。最后感谢韦辛夷先生的提携与鼓励，先生曾为我写过四个字——"都不容易"！认识先生本是机缘，这幅字更是巧应了这篇后记的大意，就像小学时，每篇文章必要总结出个中心思想，恐怕这便是。

写于 2020 年 11 月